JN072761

KNIFE

わきい まき

文芸社

もくじ

Charlie

チャーリーは大きな犬
チャーリーは異国の野良犬

ボルネオ島の土ぼこりの道ばたで
車にはねられたお母さんの横で
震えているのを助けられた

チャーリーはキャラメル色の短い毛の犬
チャーリー・バタースコッチブラウン・クレイトンと名付けられた

チャーリーはいつも強い匂いを放っている
洗いたての時はチョコレートマフィンのような匂い

だんだん豚骨スープの匂いに変わってくる

チャーリーを抱きしめるとお腹の底の方から
「食べたい」とか「ヤリたい」といった類の
とても原始的な愛情が湧いてくる

チャーリーの大きな暖かい身体は
抱き甲斐があって頼り甲斐がある
優しい眼差し

だけどチャーリーは寂しがり屋で小心者で強がりで
そのうえ傷つきやすい

小さなトイプードルや雷が怖くて尻尾を巻き込んで
テーブルの下に隠れてしまうかと思えば
大きなジャーマンシェパードに吠えかかったりする

Charlie

怒られるとしょんぼりする
置いて出かける時に振り向くと
悲しさをこらえて寂しそうな目をわざと逸らすのだ

だけどチャーリーは元々野良犬だから
あんまり人が近くに居ると落ち着けない
私が近くでじっと見つめると
立ち上がって外に出ていってしまう

そしてチャーリーには言葉は通じない
目と目を合わせると
お互いの気持ちをわかり合ってる気になるけど
本当のところはわからない

そんな時チャーリーに私は意地悪をしたくなる

通せんぼしたりして
困った顔のチャーリーを見るのが好きだ

とことんわかり合えなくて
最後にそっと立ち上がって離れて行ってしまう
そんなチャーリーに私は切なく焦がれるのだ

チャーリーは私が過去に愛したすべての男たち
愛おしい男達がみんなチャーリーの中にいる

カッコ悪い男たち
カッコ悪い恋
そのカッコ悪い恋に胸焦がしたカッコ悪い私

私は一日の終わりに必ずチャーリーを抱きしめて
その真っ黒に濡れた鼻面に私の鼻をくっつけて

Charlie

心の中で謝るのだ
ごめんね、チャーリー

君と踊りあかそう日の出を見るまで

一九八七年、ボーカリストの江戸アケミが精神疾患のための療養から完全復帰し、メンバー全員が白のスーツを着込んだ伝説のバンドＪＡＧＡＴＡＲＡが、渋谷パルコＳＰＡＣＥ３で四時間のノンストップライブを行った夜、私は処女を失った。私は十九歳だった。私は破壊したかった。カラダ中で生きてみたかった。そして心の底から愛してみたかった。

大学に入学してすぐに仲良くなったショーゴさんが出演するというので、「てんぷら家族」というタイトルからはまったく内容が想像できないアングラ芝居を、下北沢の劇場に観に行った時のことだった。

仏文科のクラスメイトのともちゃんと一緒に受付に立った私はその男に一目惚れした。文字通り。

ラスタ帽に黒のボロい革ジャンを羽織って、Drマーティンのブーツを履いてチケットもぎをしていたその男は、私が都会に来てから一度も見たこともないような笑顔を振りまきながら客を迎え入れていた。

私は芝居がはねた後に出演者のショーゴさんに便乗して、ともちゃんを無理やり誘って打ち上げについて行った。ただそのラスタマンに惹かれて。みんなが酒を飲んで大騒ぎしているあいだずっとそのラスタマンの前に座って彼を見ていた。

別れる時にテーブルの上に置いてあった空のワインボトルのラベルに、自分の電話番号を書いて彼に渡した。自分でも何がなんだかわからない衝動。初めて会ったばかりの男に自分からそんな風にアプローチしたことなんてなかった。

私より五歳年上だったラスタマンはまだ童顔で、赤いベレー帽にステンカラーコートという幼いファッションのくせに、おっぱいだけが大きい私に突然電話番号を渡されて面食らった。照れ隠しにちょっと眉をひそめながらも、そのワインボトルを受け取った彼は数日を空けずして私に電話をかけてきた。

「驚れーたよなー。子犬みたいな目で嬉しそうにずっと俺のことばかり見てんだもんな」

のちに彼はセックスの後に私を両腕で抱きしめて、いかにも愛おしそうに髪や頬を撫でながらその夜のことを思い出してはつぶやいたものだ。

急に真顔になる。

「ミキ、なんで俺に処女くれたの？」

「うーんとね。大好きな大好きな人がお腹が減ったらおにぎりを作ってあげようかなって思うでしょ。おいしいおにぎりを作ってあげたらお腹がいっぱいになって喜んでくれるかな？　って。それと同じ」

それを聞くと彼は嬉しそうに顔をくちゃくちゃにして笑ってはまた私を抱きしめる。

ワインボトルを渡した時、私はこの男のことを何一つ知らなかった。

知り合うきっかけを作ってしまったショーゴさんは本気で心配した。その男の名前すら知らずに「あのラスタマンから電話が掛かってきたの。今度会う約束をしたんだよ」と嬉しそうに電話してきた私に。

いかにも胡散臭そうな男だ。インディーズレーベルのろくでもないパンクバンドや、アングラ劇場にもずいぶん出入りしているらしい。ショーゴさんは電話口で思い余ったような声で言う。

「危ないよ、お前。俺もあの人のこと何も知らないんだよ」

でも私には不思議な確信があった。土の匂いのしそうな男。浅黒い肌と小柄だけれど引き締まったカラダ。黒砂糖を思わせる暖かい色の目。

私の周囲にいた青白いインテリ男や、ゴルフ部でポロシャツの襟を立てて親の車で女の子を引っ掛けようと躍起になっているような軽薄な男たちの誰とも違う。


私は処女だったがそれまで男の子と接触がなかったわけではない。デートしたりキスしたり一夜を共に過ごした男の子もいた。ただセックスに至るまで自分の中で盛り上がれなかった。いろんな言い訳をしたり時には「生理なの」と嘘までついて逃れた（もちろん男の子たちが紳士的だったのはまったくのラッキーだった）。

キスしてもカラダをまさぐられても頭の中がシーンとした。ただ悲しかった。どうしてこの程度の気持ちでセックスなんかしようとするのだろう。君は私の何を欲しがってるの？


様々な場面をかいくぐってきたおかげで、私は処女なのに手で相手をイカせる方法を先に覚えてしまった。相手へのせめてもの償いと自己防衛のため。

一人でイってしまって困惑しながらせめてと唇を求めてくる相手に、白けきった気分で抱きしめられたものだ。

それなのにラスタ帽なんか被って大学生の割に年を食っているこの男には、ほとんど迷いなく飛び込んでいった。こんなに胸が躍ったのは初めてだった。動物的直感。

そしてその直感は正しかった。ラスタマン、石尾さんはまさに都会に出てきて間もない私が探し求めていた人だった。

Lord! Won't You Buy Me A Mercedes Benz?

私は九州の進学校を卒業するまで優等生の文学少女だった。百科事典と岩波文庫全集が本棚に並び、ピアノに白いレースが掛けられている家庭で育った。勉強はとても好きだったし特に文学に傾倒した。

けれども受験勉強をしている間私の心は常に暗かった。大学受験と有名大学という名のレールが導いているものが、自分が本当に求めていることとは無縁の場所であることを感じていたから。

母は幼い頃から私に「自分の頭で考えられる人間になれ」と教えた。母は日本人は自分の頭で考えて自分の意見に従って行動することをせずに、世の中の流れにただ従ったから不幸な戦争に導かれたのだと教え、他人がそうしろというから周囲が皆そうしているからというだけの理由で行動をするな、と教えた。

そのおかげで幼い頃から私には、いつも自分で考えて正しいと信じることに従おうという癖がついた。そのことで周囲から浮いてしまったり集団からはみ出すことがしばしばあったが、私はそれをむしろ誇りに感じたものだった。

彼女の教えてくれたことはとても正しいことだったのだが、そこには重大な欠陥が二つあった。

それは彼女自身は地方の自営業を営む夫の仕事を手伝っていて、属する社会とはせいぜい隣近所、もしくは学校の父兄会程度だったということだ。その小さな社会ではもちろん彼女はかなりのパンク的存在だった。けれどもそれは許される程度の可愛いパンク。

価値観がまだ混沌としていた戦後から高度成長期にかけて自分の頭で考えることと、私が育ったバブル経済の絶頂期に向かう時代に自分の頭で考えることには、大きな違いがあった。

お金という教祖様を日本中が狂信した時代に「自分の頭で考えること」はすなわち転落を意味した。それは軍国主義が資本主義に入れ替わっただけの全体主義の時代だった。物質的幸福の追求を疑ってしまったらもう存在場所はなくなってしまった。

もうひとつの欠陥は母にそう教えられて育った私が感じること、信じることがおよそ彼女の望むような思想や感性ではないかもしれないということに、母が思い至らなかったこと。

家庭環境に恵まれなかった父は苦学して国立大学を卒業した。母は賢かったにもかかわらず家庭の経済事情で進学をあきらめた。女が大学に行くなんて稀だった時代だ。母のその母も勉強したいという夢をあきらめた。

二代に亘る進学の夢が私と姉に託されていた。夢どころか「私だって学校にさえ行けていれば手に職さえあればこんな結婚や人生に縛られなくてもすんだ」といったほとんど恨みのようなものを背負わされた。

そんなわけで両親にとって良い大学に入ること、それがすべてだった。もちろんそれは私の両親だけではなかった。世の中の大人はすべてそう思っていた。一流大学。一流企業。まるで天動説を信じてガリレオ・ガリレイを糾弾した中世の神学者たちのように、それが世界の中心だと固く信じて疑わなかった。

「勉強して良い大学に入れ」と言う母に私は矛盾を感じていた。母は父との結婚を学歴で決めたことを後悔していたからだ。

私たちから見る父母の結婚生活はおよそ愛情に溢れた幸福なものとはほど遠く、喧嘩を繰り返す両親、父を憎む母、その両親に向かって激しく反抗をする姉を見て育った私は、いつしか自分の感情を表現しないようになった。

車がありピアノがありシャンデリアがあったのに誰ひとり幸せには見えなかった。

なにしろ一九八〇年代後半だった。バブル経済はうなぎ上りにその頂点に近づいていた。

東京ディズニーランドが開園し、そのパラダイスに興味を持てない人間は非国民だった。男友達のひとりはディズニーランドに無理やり行ったが楽しめなかったせいで離婚された。六本木マハラジャでワンレンボディコンの女子大生が踊り狂い、業界人がお立ち台の女子大生を値踏みしていた。もちろん私は行ったこともないので伝聞しただけだが。雑誌が次々に創刊されそこに紹介されるブランド店舗やレストランやホテルに、人々が札束をブランドバッグに詰め込んで世界の果てまでも押し寄せた。

大人が指し示す幸福、有名大学、一流企業のレールの向こうにあると教える輝かしい未来とはお金のある幸せ、物質の幸せでしかなかった。私にはそれがどうしても魅力的に見えなかった。

すでに東京の大学に進学していた姉から聞かされる東京生活の話にも、両親が関心を寄せる富、肩書きの話にも興味を持てなかった。

私が受験勉強の合間に読んでは胸を熱くした書物に書かれていたり、小さなカセットプレイヤーから流れる音楽に歌われていたような真、美、愛などといったものとはおよそ縁のないものばかりに見えた。

乗りたくもないレールに乗るために、無意味な知識の詰め込みを続けるのは苦痛以外の何物でもなかった。

一度は大学に進学したくないと言って両親を驚かせたこともあった。かと言って十八歳の女の子が世の中に背を向けてどこに向かえばいいのか見当もつかなかった。

高校の運動場の裏にあった木造の小さな下宿屋で暮らしていた私は、毎晩勉強を終えると夜中に一人の部屋で忌野清志郎や外国のロックやクラシックのピアノ曲を聴きながら、タバコを吸って小さなビールを飲んで寝るのが習慣になっていた。

自分が本当に好きなこととお金を稼ぐのに役に立ちそうなことには絶望的な溝があった。周囲からも趣味はあくまで趣味で、勉強や仕事の妨げになってはならないと教え込まれた。けれども好きでもないことを割り切って器用にこなし、本当に好きだけれど役に立たないことを余暇の趣味とするにはそのパッションは抑えがたかった。

私は自分の感性やパッションそのものに罪悪感を抱くようになった。いやまるで自分の存在そのものが罪悪だった。私は高校生にして既に自分の未来に暗い予感しか感じなかった。

まるで血を吐くように歌ったジャニス・ジョプリンは二十七歳で死んでいったことを知ってから、自分もその頃に死ぬのだろうと漠然と感じ始めたのもその頃からだった。

得意科目でもありこれからの社会で最もお金に結びつくであろうと思われた英語を専攻科目に選ばず、愛読していたアルベール・カミュや太宰治の影響で、何の役にも立ちそうにないフランス文学を選択したのが私のささやかな反抗だった。

チェインギャング

一流大学とされる東京の私立大学に入学してすぐに、私は自分の悪い予感が的中したことを知った。

毎朝講義の前に女子学生がお互いのバッグや靴を褒めあう。刈り上げのショートヘアに古着のジーンズをはいた私はいきなり浮いてしまった。もちろんいかにも育ちが良く人の好いクラスメイトたちは私に好意的だ。

「ミキちゃんって個性的で羨ましいわ」と言われると褒められてるのか除外されているの

かわからなくなった。

「ミキちゃんは読書家だからオススメの本を教えてちょうだい」とも言われ仰天した。仮にも一流大学と言われるところの文学科は、全員が読書家であることが大前提ではないのか？　私は落胆し周囲を嫌悪した。


入学早々授業を受けるのがバカバカしくなった。そんな場所がアルベール・カミュやランボーとは何の関わりもないことは三日も通えばわかる。

禅の研究や日本近代文学など幾つかの興味深い講義を除いてだんだん欠席するようになった。大学の選択を間違ったのかもしれないと、他の大学の講義に潜入して転学を考えたりもした。


ある日大学構内で学科長にばったり出くわした。

「おい、君は最近どうなってんだ？　ちょっと研究室に来なさい」

世紀末のダンディズムを研究する素敵な教授だった。研究室で飲み物を勧められて座らされたとたん「大学が面白くないんです」と私は涙をこぼした。

「確かに昔に比べて今の学生はみんな大人しすぎる。だけどそれはどこの大学に行っても同じだよ。そんなに面白くないと思うんだったら君が面白くすればいいじゃないか」

なにしろ一九八〇年代後半だった。村上龍が『愛と幻想のファシズム』を発表しザ・ブルーハーツが「リンダリンダ」でデビューした。村上春樹の『ノルウェイの森』が爆発的に売れ大学にも〝やれやれとあきらめてビールを飲む〟学生が蔓延した。

理想主義に敗れた世の中の大人たちが無気力になるか、経済活動という新しい信仰活動に没頭していく狭間で若いフラストレーションが高まっていった。

こんなことは長くは続かない。一歩踏み間違えれば真っ逆さまだ。それに気がつかない能天気な大人たちが買い物自慢散財自慢。本能的に危機感を持つ若者は危険な綱渡りをしている感覚で生きていた。どうせノストラダムスの予言にある世界の終末まであと十年だ。私も不安と苛立ちの中でもっと過激に綱渡りをしたかった。こんな世の中で作り笑いをしながらうまく立ち回っていくくらいなら、真っ逆さまに落ちたほうがどんなにましか。

教授が言ったことを本気で考えた。面白いこととは何か。私は文学が好きだった。けれど机に向かって学ぶのはもうたくさん。文学を自分で生きたかった。文学をこの血肉で経験したかった。

「専攻は？」と尋ねられると「実践フランス文学です」と冗談半分本気半分で答えるようになった。

いつしか私は周囲にある既成の価値観を一切信じなくなっていた。自分で探し求めようと決心していた。考えることがタブーの世の中で手探りで前に進むしかない。ほとんど熱病のように願った。自分の目で確かめたい、自分のこの手で摑みたいと。

お仕着せの小綺麗なスーツを着て、高級デパートや高級マンションの扉を開くように他人の描いた幸せな人生を難なく歩むくらいならば、地を這って自ら血を流してでも自分の生を生きたい。そう切望した。そのためなら破滅しても構わない。それは皮肉にも受験勉強で学んだ言葉が心に植え付けた危険思想だった。

「朝に道を聞かば夕に死すとも可なり」と。

恋愛もそうだった。どんなに良い大学に通っていて上品でおしゃれな服装をしていて、誕生日に指輪をくれそうな相手でも興味を持てなかった。デートしても夜の公園でキスされても何も感じなかった。

私と綱渡りしてくれる人じゃない。一緒に探し求めてくれる人、一緒に冒険してくれる人じゃなければ欲しくない。
けれどもこのラスタマンは一目でわかった。この人に飛び込んでいくことが私の実践フランス文学の最初のダイヴ。

オンリー・ユー

幼くて無鉄砲で好奇心であふれんばかりに無防備に飛び込んできた私を、その男もまたとてつもない情熱でその両腕に抱きとめてくれた。

まだ薄ら寒い春の宵に石尾さんはTシャツの上に革ジャンを羽織って新宿駅で私を待っていた。

ちょっと気を持たせるとか年上っぽく余裕を見せるなんて小細工は彼にはできない。文字通り首を長くして、茶色い目をまん丸く見開いて仁王立ちで人混みの中に私の姿を探している。私の姿を認めた途端に一瞬照れ笑いしながらも、両手を広げてこちらに向かって走ってきそうなC調ぶりが伝わってくる。

帰宅ラッシュの新宿駅の改札は鳩のような色合いのサラリーマンの大群が行き来した。自由なはずの若者ですらみな同じ服、同じ髪型、同じ顔。

その中で鮮やかな赤と黄と緑のラスタ帽を横かぶりにして、オレンジのTシャツに黒の革ジャンを着た彼の姿を見ると私の胸は誇りでいっぱいになった。

ニコニコしながら彼に近づく。彼は無精髭の下の薄いくちびるをちょっと子供っぽく尖らせて覚えたばかりの私の名を呼んだ。

「待ったぜ、ミキちゃん」

「このへんにな、昔ブギーボーイって伝説の店があったんだぜ。ここだったかな？」と独り言のようにつぶやきながら石尾さんは私を連れて、深夜の新宿二丁目から三丁目にかけて歩き回った。

もう跡形も無い伝説の店を探すことになんの意味があるのかわからないまま、ただ彼に付いて歩いた。それでも楽しかった。彼と歩く路地のひとつひとつが探検のようだった。

彼の見つけたバーに入った。

カウンターに座ってカクテルを飲んだ。彼はいろんな話をした。私は何杯目かのカクテルと彼の夢中な語りにぼんやりしながら、決してハンサムの類には入らない見知らぬ男の顔に見入っていた。ハンサムではないが暖かい顔。けっして嘘をつかない顔。

この人はこんなに話しているけれど、他の男たちの中身のない軽いお洒落なおしゃべりとは違う。私を喜ばせようと機嫌を取ったりどこかの雑誌の受け売りを得意げに話したり、饒舌だけれど考えていることはただひとつ、この後どうやってベッドに誘おうかってことは見え見えな。

そんなんじゃなくてこの人は魂からほとばしるように夢中で話している。大好きなこと、心を動かされること、音楽、本。自らも半裸の白塗りで参加していたアングラ芝居。唐十郎、山海塾、寺山修司、中上健次、アルバート・アイラー。

「セロニアス・モンクはな、いっつも変な帽子を被ってたんだぜ。自分勝手にピアノを弾いてマイルス・デイヴィスを怒らせるんだ。いくらマイルスに注意されても自分の弾き方を変えないんだ」

マスコミが評論家が語るからじゃない、流行とも関係ない、自分の情熱を私に伝えたくて夢中で話しているんだ。

彼は大学の外部でも演劇関係やバンド仲間を通して広く付き合いがあったから、今までに付き合ったり関係を持ったりした女性は何人かいた。芝居の打ち上げで酔った勢いの肉体関係も何度かあったにちがいない。

けれど根が純粋でロマンチストの彼には、セックスだけの軽い関係なんて続ける気にはなれなかったのだと後から私に語った。

彼は突然、話を止めて目を細めた。目の前に座って全身全霊で自分の話に聞き入っていた私の顔をほとんど感動に満ちた目で見つめた。思い余ったようにその指を伸ばして私の頬に触れた。

「何を見てんの？　ミキちゃん？」

石尾さんは付き合っている間（いや別れた後も）自分で選曲、録音した何本ものカセットテープを私に送ってくれたものだった。

最初にくれたテープをウォークマンに入れて聴き始めた途端に私は思わず吹きだした。かつての過激なパンクバンドばちかぶりの田口トモロヲが歌う「オンリー・ユー」から始まる。

新宿三丁目のあのせまい
ディスコティックで
僕らはよく始発電車が
うごくまで、
語り合ったもんさ
人間っていったい何だろうって、
あの頃の君は
ポニーテールのよく似合う
女の子だった

もうがまんできない

それから時間さえあれば私は石尾さんと会った。会うたびに彼は私が当時姉と暮らしていた高円寺まで送り届け、アパートの手前の薄暗い路地で私たちは抱き合って長い長い口づけを交わした。

足元の砂利が暗闇で音を立てむせ返るような抱擁は度重なるごとに熱を帯びた。

梅雨入り前の湿った重い闇のどこかで蛙の低い鳴き声が聞こえ、薄着になった私のカラダを石尾さんの痩せた腕が抱きすくめる。

誰もこんな風に私にキスしなかった。みんないつもお決まりのハリウッド映画かどこかで見たようなキス。

彼は暗がりの中で片手で私のあごを支えて、もう片方の手の指で目や鼻や頬や唇をひとつひとつ確かめるかのようになぞり、それからおもむろに唇を自分の唇で覆う。

無精髭がこすりつけられるヒリヒリとした痛みと貪るような口づけに、時々喉を鳴らしながら私は思う。

「この人はお腹が空いた狼のようだ。お腹が空いているんだ。私を欲しがっているんだ」

そう思うだけで私の頭とカラダの芯を甘くシビレさせるのに十分だった。本当の快楽はまだ知らなかった。

私は広告代理店に勤めている五歳年上の姉と二人でアパートに暮らしていた。

彼女は年の離れた私のことを小さな時からとても可愛がってくれたが、愛情深い人によくありがちな間違いで、私を自分の所有物と勘違いするきらいがあった。長女の自覚を持たせる為に妹を可愛がるようにと言い聞かせた母の教えの影響も強かった。

英語の塾を探してきて中学生の私を通わせたのも姉だったし、私の入学した大学もそもそもは彼女が行きたかった大学だった。

そういうわけで私の生活や人間付き合いにも目を光らせていた。彼女が用意した道から私が外れていくことは許し難かった。

その私が今まで何人もいた品行方正で感じの良いボーイフレンドと付き合わないで、どうしてこんな柄の悪い三流大学の留年中の男と付き合っているのか、姉には理解できなかった。しかも石尾さんは姉と同じ年だったのだ。

子供の頃姉は私にこう言ったことがある。

「自分のしていることが正しいか正しくないかを判断したかったら、お父さんとお母さんに知られても恥ずかしくないことかで判断しなさい」

それを聞いてまだ幼かった私は驚いたものだ。姉にとっては両親がそこまでの絶対者であるということにだ。

それほどに姉は特に母親から植え付けられた道徳観と価値観を忠実に守っていた。当然そんな彼女は二十三歳でボーイフレンドがいるにもかかわらず処女だった。

それだけに自分の理解できないパッションに妹の私が押し流されていくのを見るのは恐怖以外の何物でもなかった。いや、きっと本当は理解していたのだ。あるいはそこに自分を束縛するものへの憎しみ、それをいとも簡単に脱ぎ去ってみせる私への憎しみもあったのかもしれない。姉は夢中で恋をしている私を激しく罵った。

「盛りのついた猫みたい！」

姉の憤りが待つアパートの手前の路地で二人は名残惜しくいつまでも抱き合い、時には石尾さんは終電を逃し私を送り届けてから公園のベンチで野宿すらした。

朝になると私は胸が張り裂けそうな思いで公園に走った。早朝の公園には真っ黒く美しいカラスしか居なかった。カラスが夜通し彼を守ってくれたんだ。ベンチで眠っている彼はすぐに見つかった。

彼は目を覚ますと私の顔を見るなり声を出して笑い出した。そしてまだ朝露で湿っている草の上に私のカラダを横たえた。

朝の透明な青空や木漏れ日が軽く閉じた瞼をくすぐり私はため息をつく。カラダの奥底から湧き上がるこんなにも愛おしい熱望。こんなに美しいことが他に世の中に存在するの？

私には母や姉がどうしてそんなにセックスを忌み嫌うのかわからなかった。母はいつも私たちに言った。

「結婚するまではキレイなカラダでいなさい」

セックスをしたらキレイなカラダじゃなくなるなんて理解できない。こんなに好きな人がお腹が空いているのに食べさせてあげることが間違っているわけがない。

幸せなセックスのどこが間違っているというの。父と母は幸せなセックスをしたことがないのだろうか。私たちは父と母が愛し合って生まれたのではないのだろうか。愛していない幸せでないセックスの方がよほど汚いものなんじゃないの。セックスは結婚のための駆け引きの道具ではありえない。私の意志で選ぶことであるはず。

それに何よりも私の心もカラダもこの人が欲しいと叫び出さんばかりじゃないの。

一九八三年から療養に入っていた江戸アケミが、それまでの「暗黒大陸じゃがたら」からJAGATARAとバンド名を変えて音楽活動を再開したのが一九八六年。「裸の王様」「ニセ予言者ども」と次々にリリースしたアルバムの、日本では当時も今も他に類を見ないようなファンクとアフロ色の強いビートでひたすら踊り続けるというその名も、「DANCE MANIA 4 HOURS」というのがその夜のライブだった。

私にとっては初めて見る彼らのステージだった。ピシピシと耳を切るようなギターとパーカッション。図太いホーンセクションとベース。

幾重にも重なる音楽の洪水はキラキラと光をちりばめた曼荼羅のようで、その中央に江戸アケミがいた。その横で南流石が弾けるような踊りを疲れ知らずで繰り広げる。圧巻だった。

めくるめくような超アップビートのど真ん中で、江戸アケミがマントラのような言葉を叩きつけるように繰り返す。

そのマントラを聞きながらカラダの奥から湧き上がってくるようなリズムに身を任せているとトランス状態に限りなく近づいてくる。

アケミが言い放つ。

お前はお前のロックンロールをやれ
答えなんかあの世で聞くさ、バイバイバイバイバイ！

そうだ、心に正直に生きること。カラダに正直に動くこと。

大切なのはこのふたつしかない。誰か他人のロックンロールの真似なんてできない。私には私の踊りしかできないんだ。


その夜、目を泣きはらした姉が待つ部屋に私は帰らなかった。

セーヌ左岸の恋

私は大学の写真部に所属していた。一眼レフを使いフィルム現像から暗室での引き伸ばし、焼き付けまでを覚えた。白黒の写真をもっぱら撮ったが、技術を覚えたばかりで私には何の写真を撮りたいのかはっきりしなかった。

他のことでは何でも甘やかしてくれた石尾さんだが、作品のことに関しては時には厳しすぎるくらいに批評をした。

「ミキの写真はな、きれいに収まってるけど何を撮りたいのか、何を伝えたいのかがはっきりしないんだよ」

私にはよくわからなかった。ただ灼けつくような衝動に駆られる。本を読んでいても音楽を聴いていてもそうだった。

惹かれた本を片っぱしから読み漁っては読み終える前にはいたたまれなくなって放り出してしまう。「こうしてはいられない」みたいな妙な焦燥感に駆られて居てもたってもいられなくなってしまうことがしばしばあった。でもその衝動をどうすればいいのかわからない。

広告業界が栄華を極めた時代だった。日本の文化や経済、恐らく政治をも広告業界が引っ張っていたと言っても過言ではなかった。

そんな影響で写真部にもオシャレでスタイリッシュな写真を撮りたい若者がうようよしていた。写真をかじって先々広告業界への就職を目指している学生も少なからずいた。

その中で私は広告写真に熱くなれなかった。たまたま一人で立ち寄った百貨店の展示場で、エド・ヴァン・デル・エルスケンの「サン・ジェルマン・デ・プレの恋」の写真展が開催されていた。

エルスケンの名すら知らなかったが、エスカレーターの壁面に飾られていた場違いに悪魔的な退廃の匂いのする写真のポスターに惹かれて展示場に入った。

衝撃でカラダが震えた。自らの傷口をぱっくりと開いてみせるような痛々しさ。貧しくむさ苦しいボヘミアンたちの愚かさも醜さも、そして哀しいまでの純粋さもすべてをさらけ出す青春の記録。

目眩すら感じフラフラと会場を立ち去ろうとするとそこに写真家本人が座っていた。もうすっかり白髪になったエルスケンその人に、その場で買い求めた写真集にサインをお願いし感動を込めて握手を求めた。

それ以来ロベール・ドアノーの「市役所前のキス」のきれいな抱擁なんて興味も持てなくなった。

私はインスピレーションのままに石尾さんとの日常を写真で切りとってみた。テクニックはまったくなく、露出もフォーカスもおぼつかないような写真群だったが勢いだけはあった。

無精髭の彼が上半身裸でパスタを食べる様子。皿の上の光るオリーブオイル。三脚を立てて抱き合う二人の裸体も撮った。あからさますぎるくらいの性的生活を表現した。石尾さんも喜んで私の実験に付き合った。

「オノヨーコはな、ニューヨークでみんなのおしりの写真を撮ったんだぜ」

「じゃ私はみんなのおっぱいの写真を撮る」

彼と二人で映画、ライブ、写真展などを歩き回った。二人ともいつもお金がなかったのでポップコーンやリンゴやバゲットを公園で齧った。すべてが冒険だった。大学の同級生たちはスポーツカーを持っている男の子にティファニーをプレゼントされたりしていたけれど、私には下らない話にしか聞こえない。自分たちの冒険の方がよっぽど誇らしかった。

彼が大学で所属していた劇団の後輩たちの公演を二人で観に行った時のこと。大して面白くない芝居だったが彼の横に座って大人しく観ていた。横で落ち着かない子供のように腕を組んだり顔をしかめたりしていた彼が急に私に囁いた。

「ミキ、ここでちょっと待っててね」

私は別段気にもせずに芝居の続きを観ていたがしばらくして思わず「アッ！」と声をあげそうになった。

舞台の真ん中に顔を白塗りにして上半身裸になった石尾さんが躍り出たのである。彼はセリフを言っている登場人物の役者の背後で、何やら怪しい動きで両手両足を動かして目を剝いたりしていた。

都会的な雰囲気でセッティングされた舞台が異様な雰囲気を醸し出している。もちろん彼らの意図は台無し。背後で関係者の慌てた声がきこえた。

「な、なんだよ、あれ!! 石尾じゃないか！」

私は素知らぬ顔を続けて座り続けたが、居心地の悪さと言ったら。それでも内心誇らしくて仕方なかった。

しばらくして彼が席に戻ってきた。笑いながら顔を見ると白塗りをきれいに落としきれないまま。

「あんまりつまんねーからちょっと面白くしてやろーと思ってな」と彼は顔をしかめて言った。

私はそんな彼が大好きだった。思いついた瞬間に行動に移してしまう。それがどんな結果になるかなんて考える暇はない。石尾さんはよく言った。

「頭でぐちゃぐちゃ考えてたって何も生み出せないんだよ。とりあえずやってみて間違ったらごめんね、って言えばいいんだ」

私は石尾さんから刺激を受けてどんどん変わっていった。ありとあらゆるものを吸収したしいつも満たされていた。他に何ひとつ欲しくなかった。彼と抱き合っていられさえすれば。

家族との溝はどんどん深まる一方だった。姉とは激しい喧嘩を繰り返した。それでも私は自分のしていることに疑いを持たなかった。いや嫌われれば嫌われるほどこの情熱に身を委ねた。

それは自らのカラダにナイフを突き立てるような痛みだったに違いない。けれどもその痛みと引き換えに恋を手放すつもりはさらさらない。なにしろ夢中なあまりその痛みにすら気づかなかった。

ただ姉に罵られれば罵られるほど自分の恋も感性も、すべてが罪そのものであることを思い知らされた。

ただこうやってこの人に抱かれて音楽を聴いて本を読んで写真を撮っていたかった。

それは実は自分の生き方が世の中の価値観とどんどんかけ離れつつあること、周りに期待されているような将来や常識的な道を選択することはできないであろうことを知りながら、もうどうすることもできない、その不安からの逃避であることに私自身気がついていなかったのかもしれない。

自分がその矛盾を抱えてこの先どうやって生きていくのか。そのことを本気で考えることはできなかった。周囲や世の中との溝が深くなればなるほど私はただ石尾さんとの恋に逃げ込もうとした。

私はその頃知人から頼まれて家庭教師の仕事を始めた。週に一度ガレージにベンツとBMWの並ぶ大田区の豪邸の一人娘の小学生に勉強を教えに通い、アルバイトにしては割の良い収入を得た。その収入をそっくりそのままつぎ込んで杉並区に四畳一間のぼろアパートを借りた。

相変わらず姉との暮らしは喧嘩が絶えなかったし、姉に徹底的に嫌われた石尾さんが姉と暮らしているアパートに足を踏み入れることは出来なかった。私はただ彼と時間が持てる空間が欲しかっただけだった。

二人で抱き合って眠れればそれで良かった。二人はそこに古道具屋で買ったやかんやカップを持ち込んでコーヒーを淹れて飲んだ。一緒に銭湯に行ってビールを飲んで毛布にくるまった。小さなカセットプレイヤーで音楽を聴きながら。

ただそれだけで私はすべてを手に入れたような幸福感を得た。

けれども石尾さんは違ったのだ。二人がしていることはおままごとだと気がついていた。

将来を決めかねて留年して、大学五年目に入っていた彼は二十代の半ばに差し掛かっていた。自分の好きなことばかりをやってきた彼も、モラトリアムのまま社会に出ていくことはできないことを知っていた。

もちろん私とのことも彼が大手デパートに就職することを決心した理由のひとつだった。

「俺な、就職することに決めたよ」と石尾さんは私に言った。

「自分がしたいことをするためにはまず仕事をしてお金をちゃんと稼がなきゃならないんだ。そしてお前と一緒にずっといられるためにもちゃんと仕事をして、お前の家族にも俺の家族にも認められたい。こんなお遊びじゃなくてちゃんと自分の稼いだお金で家を借りて、そこでお前を抱いて眠りたいんだよ」

彼の言うことが至極まっとうなのは理解できた。それでも私には辛くて辛くて仕方なかった。石尾さんが働く。私と一緒にいられるはずの時間に知らない人と知らないところに行ってお金のために働く。そう考えるだけで涙が止まらなかった。

「いいな、休みの日には必ずお前に会いにくる。待っててくれるな？」

泣きやまない私の顔を両手で支えてその目を覗き込んで彼は尋ねた。私は力なく頷いた。

「結婚すればいいんじゃん！」

女友達のともちゃんは嬉しそうに言う。結婚なんて関係なさそうな生活感のない少女のようなともちゃんから出た言葉とは思えず耳を疑った。

「結婚？　私は何をすればいいの？」

ともちゃんはゲラゲラ笑い出した。

「ミキ、何言ってんの⁉　奥さんすればいいんじゃん！」

想像しても私にはまったくそのビジョンが浮かばなかった。そんなことをするために東京に来たのではなかった。もちろん奥さんをしながら何かを続けることは可能なのだけれど、All or Nothing の考え方しか持ち合わせなかった私にはそんなことは考えつきもしなかった。

もう少し「日常」とか「生活」とかいった感覚が当時の私にあったならそれが極当たり前のことだと理解できたのかもしれない。けれどその頃の私にとって「日常」や「生活」は軽蔑の対象ですらあったのだ。

勤務や研修でなかなか会えなかった。

二、三週間に一度会うと、石尾さんは私を連れて今まで行ったことのないような素敵なレストランに行き、飲んだこともないようなワインを注文した。

おしゃれなシティホテルのベッドの綺麗にプレスされた清潔なシーツの上で、私の乳房に頬を押し付けて彼は泥のように眠った。

そうやって彼が私を喜ばせようとすればするほど私は悲しい気持ちになった。小綺麗で何の特徴もない白いホテルの天井を一晩中見つめた。サラリーマンの吸うタバコのパッケージのようにつまらない天井。横に眠る彼はもうお腹を空かせた狼ではなかった。

石尾さんには信じがたいことだっただろうが私にとってはそれは裏切りだった。

アナタもみんなと同じなの？　どうして私たちの一番美しいものを手放して高級羽根布団を売り歩くの？

それに彼は私にとって世界中でたった一人の理解者だった。彼のそばに居られなければ私は世界中でたったひとりぼっちだった。誰もが私を責める。誰もが私を間違っていると言う。アナタの居ない世界は恐ろしいのよ。

私はその頃から病的に寂しがるようになり自分でも制御ができなかった。感情の起伏が激しくなった。

週末に彼と会っているとはしゃいだり急に不機嫌になったりする。慣れない勤めで気を遣い残業で睡眠時間も削られている彼に、平日の夜中でも泣きながら電話をかけた。

無理だとわかっているのに都心から一時間の彼の最寄りの駅まで夜中に電車で行って、

公衆電話から電話をかけたこともあった。

「無理だよ、ミキ。ごめんよ。明日も早いんだよ」

電話口の彼の声は憔悴しきっていた。

また休みの日が終わり別れる時間が近づいていた。私たちは吉祥寺から電車に乗った。私はひたひたと押し寄せてくる憂鬱を払いのける気力もなく、窓ガラスに顔を寄せて外の景色を見た。ごみごみとしたビルやネオンが果てしもなく続き、その気の滅入るような風景の中に週末が吸い込まれていく。また冒険は終わった。

突然石尾さんが私を抱きすくめてこう言った。

「結婚しよう」

私はまるで水をかけられた小動物のように反射的に身震いをして、彼の身体を思いっきり両手で押しのけた。

「いやよ！　結婚なんてしたくない！」

私の叫び声に彼が驚き、その彼の表情で私は怯えた。周りの乗客も一斉にこちらを見た。

突然私は隣の車両に向かって走り出した。石尾さんが私の身体に両腕を回して抱き止めようとした。

「俺が悪かった。ごめんよ。もっと早く言えば良かったんだ。結婚しよう、結婚すればもうずっと一緒にいられる。もうさよならしなくてもいいんだよ」

「いやよ！　離して！　私はニューヨークでおっぱいの写真を撮るのよ！」

阿佐ケ谷駅で電車が止まってドアが開いた拍子に、私は夢中で手に持っていたハンドバッグで彼の頬を殴り、彼がひるんだ隙にホームに転げ落ちるように飛び出した。後に続いて彼も飛び出してホームで私を全力を振り絞って抱きしめた。

私を抱きすくめたまんま彼は声を上げて泣いていた。週末の夜の混み合ったホームで人目もはばからず顔をくちゃくちゃにして涙を流し続けていた。

彼の涙を顔じゅうに浴びながら私はもう逃げようとはしなかったが泣いてもいなかった。

The End

私にはもう新しい男がいたのだ。

大学の写真部に入学してきた年下の男だった。水泳で鍛えた無駄のない美しい筋肉で覆われた大きな身体にふさわしい大きなペニスを持った青年だった。

機械工学科に入学したての彼に「新入部員です。はじめまして」と挨拶された時には何の印象も残らなかった。

新潟から出てきたばかりの平凡な理科系の学生にありがちな、地味で生真面目なボーダー柄のポロシャツとシャイな表情の素朴で純真な青年。

もちろん誰もが人生のある時点でそうであるように。

最初に私の注意を引いたのは彼の写真作品だった。学内の写真展に出品していた彼の作品は新体操の写真だった。

速いシャッタースピードで動きを捉えたテクニックは確かなものだったが、レオタード姿の新体操の選手の写真なんて当時の流行とはおよそほど遠いものだ。

しかもその選手の女の子はお世辞にも魅力的とは言い難かった。田舎臭い凡庸な顔つきと筋肉ばかりが目立つ身体つきだった。

ただ私の目を捉えたのは、その顔いっぱいにひきつった笑顔を湛えて痛々しいくらいに精一杯の演技をしている女の子に向けられた温かい目線。そこには優しさがあふれていた。

私生活をあけすけな写真で表現し、ヴィンテージの古着で子供じみた奇抜なファッションをしていた私は、その頃にはキャンパスでも目を引く存在だった。

男友達も多く大きなおっぱいも手伝ってあちこちで気を惹いたが、もちろん石尾さんとの派手な恋は周知だったし私も他に男の子を探していたわけではなかった。

その地味で平凡な新入生、森智樹の存在を意識しはじめたのは彼の視線を感じるようになったからだった。

奔放な恋をしている私が青年には刺激的だったのかもしれない。控えめなそれでいて真っ直ぐな彼の視線を次第に意識するようになり、仲間で飲んだり騒いだりする際もいつもテーブルの端に座って自分を見る彼にこっそり目配せをするようになっていた。

講義が終わって帰る頃には、待ち合わせるわけでもないのに帰り道がしばしば一緒になり一緒に地下鉄に乗る。

夕方のラッシュが始まり混み合い始めた電車の中で、彼の厚い胸板に小柄な私の鼻先が近づく。

私はからかうような目で彼の顔を見上げて冗談を言ったり他愛のない話をした。時々わざと石尾さんの話もしてみた。

森くんは話し相手をしているが石尾さんの話題になると目の色がほんの少し切なそうに曇る。その表情を見ると、明らかに自分に恋をしているのを隠せないこの純情な青年のことが愛おしく思えるのを抑えきれなかった。

「新宿でビール飲んでく?」私が諦めたように誘った。

「そうしましょうか」と彼が頷いた。

森くんは当時まだ私が姉と一緒に住んでいたアパートの近所で一人暮らしをしていた。

石尾さんと会えない寂しさから気紛れに電話で呼び出しては手料理で食事をしたりビールを飲んだりし、森くんの小さなアパートでセックスするまでに時間はさほどかからなかった。

もちろん彼にとって私は初めての女性だった。

「ほんとうにいいの？」と彼は念を押すように律儀な口調で尋ねた。

ほんとうにいいの？　ってもうすでに君はその大きな身体で私を押し敷いているのだけど。思わず吹き出しながら小さく頷いて、彼の視線の真下で自ら派手な色彩のシャツのボタンを外しブラジャーを外して乳房をさらけ出した。

どうしてこんなに大胆になれるのかわからない。ただこの美しい身体に触れてみたいだけかも。あるいはすべてから逃げ出して快楽に溺れてみたいだけなのかも。

最初のセックスはそんなに良くなかった。慣れない彼は愛撫もキスも下手だった。

でもそれが一層愛おしく思えた。そしてこの純情そうな青年が年上の恋人の存在を知りながら、私のカラダに不器用にペニスを挿し込んでくることに快感を覚えた。

そして私はそのペニスで石尾さんとの恋に止めを刺したのだ。

森くんの部屋で過ごした夜の次の日、遅い昼時にキャンパスに出かけると、構内のメインストリートのど真ん中で石尾さんが仁王立ちになっていた。連絡の取れない私を休みの前日から探し歩いていたことが一目でわかる焦燥感が、濃い無精髭と共にその顔に影を落としていた。

いつでも優しい眼差しを投げかける彼が、かつて見たこともないような険しい顔をして近づくなりこう言った。

「お前、ゆうべうちに帰らなかっただろ?」

「うん」

悪びれずに答えた私の頬をすかさず彼の手のひらが打った。それはごくごく気弱な平手打ちだったが白昼の大学構内で人目を引くには十分だった。

私は自分のふてぶてしい気分に我ながら驚いていた。表情一つ変えずにそこに立ったままだ。隠すつもりも詫びるつもりもない。彼の前に立っている私はかつてブギーボーイで彼にすべてを捧げるつもりで座っていた少女ではなかった。狡猾な猫のような女だった。

自分が心の底から乾いた気持ちでいられるのにも驚いた。自分が美しいと信じ込んでいたものすべてを失ってしまった苦々しさだけがザラザラと残った。それは最近石尾さんに隠れて吸い始めた煙草の味に似ていた。

私にはもうわかっていた。もう二度とあんな幸せは戻ってこない。This is THE END, my friend.

いくつもの涙ながらの長電話と長い手紙、面と向かっての喧嘩や愁嘆場。彼は電話で泣きながら言った。

「お前が俺に教えてくれたことで一番好きなこと、知ってるか? お前がな、お天気の良い日にリンゴを齧ると気持ちいいんだよ、って言ったんだよ。俺さ、それ聞いた時にさ、そんなこと知ってたのにどうして忘れてたんだろって思ったんだよ。お前が思い出させてくれたんだよ」

ある晩などは森くんのアパートで抱き合っている夜中に、彼がドアをノックしたことすらあった。

彼が私のアパートに行ったら姉が一人で居たのだそうだ。姉は妹がどこに居るのか知らない、妹がどうなっているのか理解できない、と泣きながら石尾さんに訴えたのだそうだ。あんなに嫌っていた彼に。石尾さんは私にこう言った。

「ミキ、今日はお姉さんのところに帰ってやれ。お姉さん、お前のこと心配してるんだよ。森くん、悪いけどミキのことを家まで送ってやってくれないか？」

森くんに私を家まで送り届けさせた後、彼は森くんのアパートに居座って地下鉄の始発まで二人でビールを飲んだのだそうだ。

「お前の新しい男がどんな奴か知りたかったけどつまんない男だった。おちんちんが大きいだけだろ」と彼は後で苦々しく私に言った。

そんなカッコ悪い彼の言葉が悲しかった。そんなカッコ悪い言葉を彼に吐かせた自分を呪った。

My Aim Is True

石尾さんとの泥沼に疲れ果てた私は逃げるように九州の故郷の町に帰った。長い夏休みだった。

故郷の町は眠たい漁村で私が子供の頃から何も変わらない。私はまるで、一度もこの町を出たことがないかのように毎日を過ごす。家事の手伝い、畑や庭仕事、毎週のように近所の人が農作物や庭の果物や魚釣りの収穫を届けに来る。

私は時々隠れて煙草を吸うために長い散歩に出かけた。近所の目を避けて歩く田んぼのあぜ道や浜辺。焼けるような日差しの中を煙草をふかしながら歩く。

真夏の緑は強烈だ。疲れたカラダと心にも容赦はない。この幼馴染の懐かしい古着のネルシャツのような故郷に、けれどもう私の居場所はない。苦々しさと悲しみで胸をいっぱいにしながら私は野山をあてどなく歩いた。

九州にも追うように石尾さんからの手紙は届く。何通も何通も。「お前が寂しい思いをしないように」と編集してくれたカセットテープも同封されている。

子供時代の窓から海が見える部屋でカセットテープを再生する。イギー・ポップが図太い声で「今夜何もかも上手くいく」と慰めてくれ、ルー・リードは「ワイルドに行こうぜ、ベイブ」と囁く。ブロンスキ・ビート、トーキング・ヘッズ。

そして未練がましいエルビス・コステロ。二十歳の誕生日に彼がプレゼントしてくれたレコードだった。

アリスン、この世界の中で君は息がつまりそうなんだろ？
アリスン、僕が欲しいのは真実だけ

石尾さんはいつもそうだった。ほとんどメロドラマみたいにロマンチストでカッコ悪さを隠さない男。過剰なくらいに感情を吐露して泣きつく男。うざったく思いながらもその真心はいつでも私の渇いた心に沁み入った。


父母が留守のある午後のこと、ソファで寝そべって本を読んでいたら電話が鳴った。

「もしもし俺だよ」

重い気持ちと懐かしい安堵感が入り混じって胸を満たす。

「どうしたの？　今日はお休みなの？」

「そうだよ、今、山崎駅なんだ」

私は耳を疑った。この家の最寄りのローカル線の小さな駅。

「朝イチの飛行機で来たんだ。夜にはまた戻んなきゃなんないから時間があまりない。早く迎えに来てくれよ」


自転車を飛ばしていくと果たして鄙びた無人駅の前に彼が立っていた。

襟元が伸びてほつれたTシャツとジーンズにパナマ帽。いつもの照れ隠しで顔をしかめながらおどけて言った。

「先週残業が続いてさ、アタマきたからクソッタレの残業代で航空券買って来たんだよ」

そこまで言うと急に真顔になって目を細めながら、ジーンズの後ろポケットに突っ込んでいた手を出して私の頬に触れた。頬を撫でながらまるで独り言のように呟いた。
「お前の生まれた海を見たかったんだよ」

乗ってきた自転車に二人乗りして一旦家に戻って、私は水着に着替えその上からサンドレスをかぶった。日差しよけの帽子をかぶって石尾さんの漕ぐ自転車の荷台に横乗りして、線路沿いの砂利道を走って海を目指した。
次第に民家が減り漁師小屋が増えていく。使い古した網、錆びた漁船、潮の強い匂い。

不思議な気分。子供の頃から見慣れているこの故郷の寂れた風景の中に石尾さんが居た。近頃はいつも新宿や渋谷で酒を飲んで、窓から何も見えないホテルで抱き合ってばかりで、こんな真夏のギラギラした日差しを浴びながら、浜木綿や昼顔やいろんな名前の知らない草花が生い茂っている道を二人乗りなんてしたこともない。

あの街で二人して欲しがったり拒絶したりしたすべてのものが、くだらない無意味なものだったように感じられた。ここで自転車を二人乗りしていれば、ひょっとしたら何も変わらなくてすんだのかもしれない。そんな妙な悲しみが心に湧き上がった。

リアス式のギザギザの海岸線が作った小さな入江にたどり着いた。人っ子ひとりいない静かな浜辺。

誰が植えたのか唐突に咲いた大きなひまわりの花が、黒い種をいっぱいに孕んでうなだれていた。自転車を止めて岩場を下りていく。砂の上でサンダルを脱いで裸足になると、熱く灼けた砂が足の裏を焦がした。

石尾さんはもうトランクス一枚になって海に入っている。久しぶりに見る彼の身体は、森くんの大きな筋肉質の身体と比べて浅黒く痩せていた。深い瑠璃色の水面に強い日差しが反射して波がしらが石尾さんの身体を打った。

私もサンドレスを脱ぎ、サンダルと帽子と一緒に岩の上に置いて海に向かった。

海に入ってみると太陽で十分温められた潮水は乾いた肌に心地よく沁みた。波に揺られながら波打ち際から三メートルほど入ると急に深くなる。砂に足を取られた私は思わず楽しい気分になって少し笑い声をあげた。

石尾さんの方を見ると彼は砂底に腰を下ろして胸のあたりまで水に浸かったまま、眩しすぎて光に消え入りそうになる遠い水平線を目を細くして無言で見つめている。

彼の横に腰を下ろして両足を前に投げ出す。波にゆらゆらと身体が大きく揺れて海底の細かい砂がももの裏をくすぐった。波に身体を押され戻されしていると、石尾さんが水の底で私の手を取って指と指とを絡ませた。

彼の方に顔を向けると私の腕を自分に引き寄せて唇を重ねながら、もう片方の手で私のカラダを水着の上から愛撫し始めた。私は一瞬困惑したが拒みはしなかった。もうすでに森くんとの情事を重ね次第に巧みになる彼の愛撫を何度も受け入れてきた。けれども私はこの人のものだった。

この痩せた褐色の手が私に快楽を教えてくれた。この人の愛撫は血肉となり細胞となり私のカラダの中で生き続けるだろう。

半ば閉じた瞼の裏を満たす日差しの光と熱を感じながら、私はその愛撫ひとつひとつを記憶に刻み付けようとでもするかのように大切に受けた。

思わず唇が開き海水が塩辛く濡らした。やがてその手はむき出しの太ももの内側をなぞりながら柔らかい部分に届いた。

彼の手がそっと水着の布を引っ張ってずらした瞬間に、その部分を波が直接襲うのを感じて私は思わず声を上げる。彼の指がそこに挿し込まれると同時に生温かい瑠璃色の海も侵入し、その場所を満たしていった。

やがて彼は私を導いて自分の腰にまたがらせるように座らせて、ゆっくりとペニスを挿入する。

そして水着の肩ひもを外して海の中で私の両の乳房をあらわにした。両手で乳房を包み込むようにして彼は、太陽と水の反射でそこにできる眩しく複雑な幾何学模様にしばし見入った。

手のひらで少し持ち上げてまるで祈るかのように両の乳房にキスしてから、今度は両腕を私の背中に回して強く抱きしめたままゆっくりと動き始めた。彼の痩せた肩に額を預けたままその動きに合わせて私も動き始める。

やがて波がカラダの外から寄せてくるのか、カラダの中から寄せてくるのかもわからなくなり、どこからが自分の肌でどこからが彼の肌なのかもわからなくなり、どこからが自分たちでどこからが海なのかもわからなくなる。

二人の周りには言葉もなく騒音もない。ただあるのは波の音とそれに混じる二人のため息にも似た密かな喘ぎ声だけ。静寂の中で意識は果てしなく波間に溶け出し、自分たちの存在すらその果てしない海に溶け出していく。

ここに留まるためにはこの快楽にしがみつくしかない。あるいは自分達が快楽そのものになるか。

「出会った時はパンクロックみたいな恋だったのに、何だかフレンチニューシネマみてーな訳のわかんねえ悩みに満ち満ちた恋で終わっちまったなあ」

石尾さんは砂浜の木陰で寝転んでタバコに火を点けてちょっとおどけたように呟いた。

もう一本を取り出して自分のタバコの先に近づけて火を点けてから私に渡した。

「吸うんだろ？　吸いすぎんなよ、歯の裏が真っ黒になっちまうぜ」

Are You Real??

「お前、森と寝てんのか？」

いつものように酒のグラスを傾けていると男友達のジュンが唐突に尋ねる。

「うん」

彼はいかにも辛そうに顔をしかめるとこう言った。

「あいつ下手すると四十になるまで引きずるぞ。お前わかっててやってんのか？」

派手な石尾さんとはしゃぎながら一緒に歩いていた頃とは打って変わって、いかにも真面目そうな年下の森くんと私が二人で居るところは別の意味で注目を浴びた。悪い女。痛手になる恋。

私の表現活動はどんどん過激になっていた。森くんの美しい身体は私のお気に入りの被写体となった。三脚を立てて二人が抱き合う裸体を撮影したり、自分のヌードを作品にもした。

セルフポートレイトと言っても当時一世風靡したシンディ・シャーマンの作品とは違い、「私」という意味合いを削ぎ落としたものにしたかった。単にモデルがいなかったので自分で撮っただけの話だった。

「私」ではなくすべての人間に共通する生命の美、愛し合うすべての人間の美。

そもそも私にとってヌードは表現活動の原点だった。それは遡れば中学生の時に九州に巡回展でやって来た、巨大な大理石で造られたオーギュスト・ロダンの彫刻作品 The Kiss を観た時の感動だった。

人間の生命力、健康な男女の裸体の美、そして愛し合う男女のエロティシズムを堂々と賛美するロダンの精神が私の心を強く打った。鏡に映る自分の姿をデッサンし、高校の美術の授業の課題でヌードを油絵で描き職員室を仰天させたこともあった。

ヌードなんて古典的なモチーフだ。奇をてらったつもりも注目を浴びようとしたつもりも毛頭なかった。自分がそんな過激なことをしているなんて夢にも思わなかったのだ。

光沢を消した印画紙に柔らかいモノトーンで焼き付けたトルソー。乳房だけを切り取った画面。森くんの筋肉質の浅黒い肌と私の白い柔らかい肌が重なり合うグラデーション。そういった作品を大学内外の写真展で発表すると、私は思いも寄らなかったセンセーションに巻き込まれてしまった。

キリスト教系の学生が大学に抗議したかと思えば、レポートの課題として授業で私の作品を取り上げる教授が現れた。

アート系学生にはまるでミューズのように崇められ、「君はノンサヴォワールの夜に燃えあがり僕らの目を焦がす」なんて手紙を受け取った。

自分ではごく普通のモチーフでしかなかった作品がそこまで騒がれることに私は驚き、驕慢になり、同時にとてつもなく苛立った。騒がれるたびにむき出しの電気コードのような神経に直接触れられるような気がして過剰反応した。

本当に自分がそんなに突出しているのか。それとも周囲がくだらなすぎるのか。私は騒がれれば騒がれるほどに孤独を感じた。

「誰もまともに私の作品を評価してくれる人なんていない」と森くんを相手に悔し涙を流したりした。

仲間と飲んで大騒ぎしたかと思うと、まるで人嫌いのように外出を嫌がったりと気分の落差が激しかった。石尾さんと連絡が途絶えた今は森くんだけが安らぎだった。彼はいつも寡黙にそしていつも変わらず私を受け入れてくれた。

二人はタバコも酒も増え講義の出席率は下がった。私の気分が下がると二人でひたすら次々にジャズを聴いた。

部屋はいつも散らかっているけど、大切なものには几帳面な森くんはピカピカに磨いて黒光りするＬＰレコードをジャケットから取り出して、親指と人差し指で支えてそっとプレイヤーに置いて針を落とした。

昼間からジャズを聴きビールを飲みタバコを吸っては一日に何度も身体を重ねる。まるで今の二人にとって大切なことは唯一それだけであるかのように。

森くんは愛を語ったりしない。私に何も求めない。ただ会った頃と同じ眼差しで眩しそうに私を見る。

ご機嫌の時は自分のことなんてそっちのけで、男友達に囲まれて飲んで騒いで疲れ果てて自分の腕に戻ってくる私を無言で抱いた。

最初のうちは愚痴をこぼしてみたり嫉妬を見せたりもした。けれどもいつしかそんな普通の男の感覚で私を束縛しようとすることを諦めたようだった。

感性でしか行動できない私に常識を語ることが無意味に思えたのだろうか。だからこそ私は石尾さんをあんなに残酷に捨てて彼の腕に抱かれたのだし、その奔放さ故に彼は私に惹かれたのではなかったのか。

彼はそういう私をそっくりそのまま受け入れる覚悟をいつしか決めていた。その覚悟こそが彼なりの愛情だと信じたのかもしれない。

けれども私は彼との関係にささやかなシェルターを見出していた。

石尾さんはまだ白紙の状態だった私に一気にいろんな世界を見せて刺激を与えた。私は乾いたスポンジのように貪欲に彼からあらゆるものを吸収し、少女時代の観念の世界から抜け出した。

あるいは私はもう石尾さんを必要としなかったのかもしれない。今度はその感性を自分のものとして表現してみたかった。

その為には森くんのように自分を崇拝し保護し部屋で待っていてくれる存在が必要だった。北国で育った彼の乾いた冷たい肌はとても心地良かった。

朝、目を覚ましてお互いの顔を腕の中で見るとすぐに身体が欲しくなる。ひととおり欲望を満たした後に彼は、丁寧にネルドリップのコーヒーを淹れてベッドに持ってきてくれた。二人で食べるシンプルな料理と黒ビール。ジャンキーなんかじゃないアート・ブレイキーの腹に響く心地よい健やかなドラムのリズム。

こんな日常があればこれが幸せというものかもしれない。確かに私はそう感じ始めていた。周囲に何を言われようと私は彼を本気で愛し始めていた。

彼は礼儀正しい青年だったし一流大学の学生だったので姉にもずいぶん気に入られた。九州の家族も安心しこのまま私が落ち着くだろうと思っていた。束の間の穏やかな幸せな時期だった。

けれども彼が無邪気さやみずみずしさを失い疲れ、諦めたような表情に変わっているのにも私は気づいていた。

Let's Get Lost

私は四谷にあるアップライトのピアノを一台置いたジャズバーで働いていた。ジャズ研のトランペッターであるジョーの同郷のマスターが経営している店だった。

ジョーに連れられて行ったその晩に働きたいと申し出た。人手に困っていたマスターは即決で「じゃ来週から」と話を決めた。約束した夜に私がバーに現れるとジョーがカウンターで一人で飲んでいた。私がちゃんと働けるかを見届けるためだ。そういう奴だった。

夜な夜なジャズ研や写真部の連中やその他の友人が店にやって来るようになった。私の仕事が十一時に終わるのを待って、それからまた盛り上がるといった具合だ。ドラムセットを持ち込んだり、トランペットやサックスとピアノのジャムセッションもよくやった。

特に大の仲良しだったのは哲学科のイチローだった。モヒカン刈りだったイチローは、ベリーショートをえんじ色に染めた私と二人で大学を歩くと注目を浴びた。

イチローと初めて会ったのは四月終わり頃の学事部だった。

ちっとも魅力を感じない講義のリストから、ベルトコンベアー式に卒業するための単位を選ばなければならないこの季節が憂鬱で、私は登録するのをつい先延ばししていた。果たして学事部のカウンターの列に立っていたその時は、とっくに登録期限の過ぎた時期で大目玉を食らう前から不貞腐れていた。

その時自分の前に立っていた風変わりな男が、

「すみません。僕まだ登録を済ませてないいんです」

と言ってるのを聞いて、

「私もなんです」

と咄嗟に割り込んだ。便乗すれば怒られるのも半分で済むと思ったのだ。

男は驚き半分面白半分の表情で振り向いた。顔じゅうに無精髭を生やしてニット帽を被ったその男は、いたずらっ気たっぷりに光る黒い目で私を見てから、カウンターに載せた私の学生証に目を移して素っ頓狂な声を上げた。

「やあ、君はフランス文学科ですか。懐かしいなあ。僕は昨日パリから戻ってきたばかりなんだよ」

二人一緒に大目玉を食らってなんとか登録を済ませて別れた。


一ヶ月後にジャズ研のライブで再会した時には彼は私の顔を見るなり「やあ！」と帽子を軽く持ち上げた。帽子の下はスキンヘッドだった。

「素敵！　私、スキンヘッド大好きなの」

それから私と彼は大親友になってしまった。彼は私のいる写真部に入部してどんどんみんなを巻き込んでいった。


ジュンは大手酒造メーカーの御曹司で、生まれつきの育ちの良さを隠せない気品溢れる写真を撮るくせにわざと悪ぶる癖があった。

「こんなキチガイ水を売って飯を食ってる奴がいるんだよな」と言いながら酔った。

幼い時にテレビで見た浅間山荘事件の中継で革命家になろうと決心したという。小学校の給食で「日本人はこんな不味いものを食べてるから戦争に負けたんだ」とアジったのだそうだ。

もちろん革命家なんて職業は六〇年代の夢の跡であってもはや存在しなかった。

ジョーは清潔な正義派だった。律儀で情に篤くすぐに他人の悩みやトラブルに巻き込まれる。高校から付き合っている女子大生の恋人のアッコちゃんのことをとても大事にしていた。

正義感が強いと言えば一番手に負えないリキは熱血漢で喧嘩っぱやかった。酒の席で熱い議論を始めるのもリキだった。

人付き合いがからっきし出来ないけれどピアノを弾けば天才的なクニちゃんは、そのルーズな性格のせいでバンドを外されてしまった。みんながジャムセッションしている時に

「いいなー。俺もバンド欲しいなあ」

と呟きながら寂しく飲んでいた。

それから一人で新宿に居ると、かならずお金持ち風のおじさんに声をかけられてしまうピエール。どこからどう見ても礼儀正しい好青年にもかかわらず、トランペットを片手に立つ姿にはいつも底知れない背徳の匂いが漂っていた。

イチローと大親友だったドラマーのハマノさんはハンサムで豪快で私の憧れだった。彼とイチローはお揃いのスーツを着て就職面接を回って歩いたほど仲良しだった。

私が彼に宛てた何通ものラブレターを書いては破って捨てているうちに、年下の可愛いヨーコちゃんに取られてしまった。

ずっと後でイチローが私にこう言うのだ。

「ハマノがな、俺にそろそろミキと付き合おうかと思っているって言ったことがあるんだよ」

「そうなの？　知らなかった」

「で、俺が止めたんだよ」

「どうして？」

「どうしてってハマノは俺の男だからだよ」

本気か冗談かわからず私はずっとイチローがバイセクシャルだと信じ込んでいた。なにしろ彼の家にはピエールが住み着いていた。私が遊びに行くとピエールは、ハンドドリップコーヒーかバーテンダーばりのカクテルを用意してくれた。

イチローはバイセクシャルを否定したがどちらでも良かったのだ。とりあえず彼の家にはいつも違う女の子が居たし、彼と女の子がベッドルームでいちゃついてる間、私とピエールがアートペッパーを聴きながら静かにリビングでコーヒーを飲んだりしていた。

そんな奴らで酒を呷ってはもう死んでしまったミュージシャンの音楽ばかりを聴いた。みな時代の風潮に今ひとつ乗っかる気になれずに先を迷う奴らばかり。かっこ悪い傷の舐め合いと知りつつ、いやがおうでも社会に出て行かざるを得ないその前のしばしの猶予期間を、まるで流行らない古いジャズを聴いて殻に閉じこもっていたかったのだ。

世の中バカばっかりだと毒づいていたが、その世の中で自分がどうやって生きていけばいいのか見当もつかない。親に高い学費を出してもらって一流大学と言われるところに居て、挫折らしい挫折と言えば東京大学に行けなかったくらいで、何の人生経験もなくそれでいてプライドだけは高かった。

トランペッターのジョーのお気に入りはチェット・ベイカーだった。コルトレーンやマイルスを高尚に語ってもしたたか酔うとチェットのレコードに針を落とす。

繊細で中性的で大人になれないままヤクに溺れてボロボロになったろくでなしのチェット。メロメロのスキャットなんかに酔い痴れても何の解決にもならない。むしろ危険な逃避だと知りつつもやはりチェットだった。

一緒に迷い子になろう
お互いの腕の中で
一緒に迷い子になって
奴らを困らせてやろう

私のそんな仲間付き合いを嫌う友人もいた。

「もっと精神衛生に良い音楽を聴きなよ」

「そういう愛欲の匂いのする服装はやめなよ」

とドイツ文学科のオギはよく私に説教をしたものだ。ずっとのちになって彼は私にこう言った。

「君のやけくそ、耽溺癖、古着、バブルへの感覚的反感などが二十代の僕には怖かった」

その頃のやけくそはまだまだ大したものじゃなかったのに。

Someday My Prince Will Come

昭和という時代が終わろうとしていた。

病床にあった昭和天皇の容体が悪化した年の暮れは、毎日のようにその日の天皇の熱と下血の量、輸血の量がニュースで報道され世間は自粛ムードに包まれた。

仲間たちは写真部の部室のドアの内側にカレンダーを貼り付けて、Xデーがいつかを賭けていた。天皇の戦争責任を巡って酒の席で激しい口論になったこともあった。

みんなの予想を見事に外してお正月が明けた一月七日に天皇崩御のニュースが流れた。

新しい年号を内閣が発表したニュースを見てから、帰省中の九州から東京に戻った私を待ち受けていたのは森くんのバイク事故だった。

年末で忙しい飲食店のバイトの為に新潟に帰省せずに東京で年越しをしていた彼は、赤坂見附でバイクの事故を起こし右上腕部を骨折という大怪我を負った。

東京に戻ってきた日にアパートの電話に彼が出ないのを変に思っていた私に、病院の赤電話から苦しそうな声で彼が電話をかけてきたのは翌日のことだった。

驚いて電話を切るなり六本木の病院に駆けつけた私を待っていたのは、ベッドに縛り付けられるように点滴やいろんな管を通され、打ち身で半分は紫色に腫れ上がった私のお気に入りの身体だった。

それだけでも十分にショックだったのにもっと強烈な事件が起きた。森くんの事故の知らせを受けて新潟から駆けつけてきた彼の母親から私は罵倒されたのだった。

「あんた、うちの智樹をたぶらかして！」

二度目のお見舞いに訪れた時に病室のドアの外で通せんぼした母親にこう怒鳴られた。

言葉を失った私に向かって人間はこんなに侮蔑と憎しみの表情ができるものなのかと、驚くほどの顔で畳み掛けた。

「新潟に帰って親族会議開こうと思っとる。何なの、あん手紙は」

新潟から出てきた両親は、彼と私が半同棲で暮らしているアパートに行って私の着替えや下着、大量のコンドームと一緒に出てきたヌード写真や、私が彼に宛てて書いた何通もの手紙も見つけて読んでいたのだ。

「森くん、昨日のセックスはとても気持ち良かった。

君がどんどん私を気持ち良くさせてくれると私は愛しているのか、それとも本当はカラダが目的なのかわからなくなってしまいそうです。

どちらでも良いのかもね。

君とただいつも抱き合っていさえすればいい。

こうやって離れている時もカラダ中に君の愛撫を感じています」


彼の成績や出席率が落ちていることも事実だった。私がタバコを吸うのを嫌がってやめさせようと一度は試みた彼が、今ではヘビースモーカーになっていた。

それだけに「あんた、智樹をたぶらかして！」という母親の言葉は強烈なブローだった。


森くんはベッドの上で腫れ上がった身体を無理やり捻りながら「おふくろ、やめろ！」と苦しげに呻いた。その彼の苦しげな表情を見たとたんに私は踵を返して病院の玄関から外に走り出た。

病院からどこをどうやって家まで帰ったのかわからないくらいに泣きじゃくりながら歩いた。地下鉄のホームも歩道も泣きじゃくりながら。

たぶらかしたのは私だ、そう思った。

あんなに陽気だった石尾さんがどんどん憔悴していったことを思い出していた。森くんもあんな風になってしまうのだろうか。病院のベッドに縛り付けられて点滴を打たれた彼の姿を思い出して、まるで事故すら自分のせいのような気がしていた。

それから一ヶ月半の間、彼は入院したままで会いに行けなかった。


その間の一ヶ月半泣いて荒れて暮らした。周りに集まってくれる男友達を相手に飲んでは荒れて嘔吐しまた酒を呷った。

「これからは親のいない孤児としか付き合わない！」

別れてから連絡を絶っていた石尾さんにも泣きながら電話をした。

「愛してやれよ」と石尾さんは言った。

愛してるつもりだった。けれど他人に汚らわしい存在のように門前払いを食らったという経験は私を打ちのめした。と同時に自分は世間から見ればそういう存在なのだということを認めざるを得なかった。

森くんは手術も無事終わり退院をした。両親はまだ東京に留まっていたが、退院した次の日に彼は両親に嘘をついて私の部屋に会いに来た。

一ヶ月半ぶりに会った彼はすっかり筋肉も落ちてしまっていた。手術を受けて骨をボルトでつないだ右側は特にやせ細り腕にはまだギブスをはめていた。

それでもドアを開けて彼を迎え入れた私の心は嬉しさで高鳴った。

「ゆうべからね、ソースを仕込んであるの」

私はリビングで彼のためにビールを注いでからキッチンに戻った。いつもは私にビールを注いでくれる彼は慣れない感じで、でも嬉しそうにビールを前にテーブルで待った。

彼が好きなのは私の手製のトマトソースのパスタ。

大きな鍋にはお湯が沸騰していてその中にパスタが躍っていた。茹で上がったパスタを流しでざるに上げようと両手で鍋を持ち上げた。その瞬間、左手が滑って茹で上げたばかりのパスタと熱湯を床にぶちまけてしまった。

悲鳴に驚いて森くんがキッチンに飛んできた。私は床中に散乱して湯気を上げているパスタを見て、立ち尽くしていた。

顔を上げると彼がこの上もない優しい表情で落胆した私を見つめているのに気づいた。彼は自由の利く左腕だけで私を抱き寄せて耳元で囁いた。

「パスタは後でいいよ」

その日私は別れるつもりだった。一ヶ月半荒れ狂い悩んだ末の結論だったのだ。それなのに相変わらず自分を温かく見守るその彼の目に捉えられると決心は揺らいだ。

右腕をかばいながらお互いを確かめ合うような優しいセックスの後に、まだ身体を離さずにいる彼の腕の中で私は思い切って言った。

「お父さんとお母さんにこんなに嫌われてもう君とは一緒にはいられないよ」

彼は静かにけれどもはっきりとこう言った。

「俺は親と縁を切ってでもミキちゃんと一緒にいるよ」

気弱でもの柔らかな森くんがいつになく強い調子だった。私は思わず彼の胸にもう一度顔を埋めた。と同時にもっと大きな不安に包まれた。

彼の傷は回復し始めた。右腕は相変わらず不自由だったし指の動きも回復はしなかったが両親も新潟に戻った。

私のことは何度も話題になったはずだったが彼はそのことを一切私に知らせずに、まるで何事もなかったかのように二人の半同棲生活はまた始まった。以前と変わったことといえば森くんが「結婚」という言葉を使うようになったことだった。彼の夢は私と小さなジャズバーを経営することだった。

「俺が飲み物を作ってミキちゃんが接客するんだよ。一日中ジャズのレコードを聴けるんだよ」

悪くない未来に思えた。彼のすっかり痩せてしまった胸に頬を預けながらそんな夢を頼もしく嬉しく聞いた。

「お父さんとお母さんが怒るよ」

「いいよ、勝手に怒らせてりゃ」

と彼は吐き捨てるように言う。

「結婚」という言葉は女の子にとって夢を与えてくれる魔法の言葉のはずだ。それなのに私にとってはその言葉はなぜか逃避、破滅といったまるで反対の方向に追い詰める呪いの言葉のよう。

森くんが親に反対されればされるほど私との将来を固く誓うのを嬉しく思いながらも、それとは裏腹に私はビョーキのように他の男と寝るようになった。

死刑台のエレベーター

相手はいつも森くんも知っているジャズバーに出入りする男たちの一人だった。

事が収まると森くんもその相手と同席して飲むようなこともしばしばだった。最初のうちは喧嘩の挙句に涙ながらに約束した。

「本当にもう絶対にないからごめんなさい」

何度目かには私はこともなげに言う。いつものように彼が淹れてくれたコーヒーを飲みながら「私、またやっちゃった。ごめん」

森くんは肩をすくめてこう答える。

「それで子供が出来ちゃったら俺、育てるんだろうな」

どうして自分がそんなことをするのか理解できなかった。ただ気に入った男とフラフラと消えてしまう。そんなにセックスがしたい訳ではなかった。私は森くんとのセックスが何よりも一番好きだったのだし。悪徳の匂いを嗅ぎつけて、その愚かさを束の間分け合う覚悟のある男なら誰でも良かったのだ。

悪事を働くといった類の刹那的な刺激が楽しいのだった。

そして後の嫌悪感に勝るものなんてなかった。

私は私の存在をもっともっと汚くしたかったのかもしれない。彼の両親や私の両親や姉や世間のすべてがそう信じているように、私の汚い存在を世界に証明しようとしたのかもしれない。

自己憐憫は最も私の軽蔑するところだった。彼をこれでもかこれでもかと裏切って傷つけて自分から離れていくのを期待したのかもしれない。彼の一途な愛情は心を打つ。けれども両親を捨ててまで自分と一緒に居たいと言う彼の将来までを背負っていく自信はとてもなかった。私は自らの傷で息も絶え絶えだった。優しい恋人が待っているのに次々と別の男と寝るという行為はリストカットなどの自傷行為にも似ていた。

どの男もその地獄に留まる覚悟はなく逃げていった。そして誰よりも先に私を離れて行くべき森くんだけが寡黙に、そして裏切りが重なれば重なるほど優しく側に留まった。

雪国の人間に特有の我慢強さだろうか。

私のほとんどサディスティックな振る舞いを彼は表情ひとつ変えずに受け入れた。事故の後遺症で右手がほとんど動かなかった彼は、リハビリのために左手で右手首を支えて指をひとつひとつ動かしながら、どこかでまた他の男のペニスを受け入れているであろう私を待って一人で部屋で過ごしたに違いない。

嫉妬に狂ったジャンヌ・モローの演技をスクリーンで見ながら、マイルス・デイヴィスが即興で奏でたという伝説のレコーディングが彼のお気に入りだった。

部屋に戻ってくると彼は優しく私を受け入れた。そのセックスはぞっとするほど甘美で悲しかった。

私はよく夜中に目を覚ましては暗闇に丸く膝を抱えて立て続けにタバコを吸った。陰影の濃く落ちた彼の寝顔を見つめながら自分を呪い、こんな自分をコントロールしてくれる何かをひどく求めた。

そんな夜の闇は恐ろしく深かった。

そんな私の振る舞いを冷静に受け入れていた彼がたった一度だけ涙をこぼしたことがあった。それは私が彼に大学を辞めてパリに行きたいと告げた時だった。

「そうやって君は平気で俺を置き去りにしちゃうんだ」

大学四年目で単位が足りずに留年が決まっていた私に、就職活動で某大手新聞社を訪問していたジュンが一枚の紙切れを持ってきた。

「お前、就職活動もしてないんだから暇だろ？　これやってみろよ」

それはエッセイと写真で選考された学生十人を、革命二〇〇周年記念祭のフランスに記者団として派遣するという企画だった。フランスへのタダ旅行だ。

エッセイのタイトルは「フランスの魅力」、写真のタイトルは「日本で見つけたフランス」。

「私はフランス文学を机に向かって勉強しない。

私はフランス文学を実践する。

フランスの魅力とは人生、生活、生命のすべてを意味するLa Vieへの限りない愛だ。

ワインと共に絶望と涙をあおらずして愛する者と裸で抱き合わずして、どうしてフランス文学が語れようか？

もちろん十日間のタダ旅行も不可欠である」

とかなりふざけた文章を書き、三脚を立てて裸で抱き合った写真の一枚を引っ張り出して、「日本で見つけたフランス」というタイトルを添えて送った。

果たして私は十人のうちに選ばれたのだった。ジュンは私のことを「自分の裸でフランスに行く奴」と笑った。

ほんの十日間の旅だったが、初めて外国に行った私には強烈なインパクトを与えるに十分だった。

あの「サン・ジェルマン・デ・プレの恋」のパリ。人種の入り交じった街の人々。小汚くて頓著しない人々。演劇祭で盛り上がっていたアヴィニョンも訪れた。乾いた光の中で何ものにも束縛されずに魂に動かされるまま表現活動に熱中する人々。

それはますます恐ろしくも断ち難いパッションを私に植え付けてしまった。

パリから戻った私は以前にも増して無軌道な生活を送った。就職活動スーツを着て会社を回って面接してなんて気持ちはさらさら無くなっていた。

と同時に心は臆病だった。


「私は大学を辞めてパリに行く」

その言葉に森くんは涙をこぼした。

どんなに裏切っても泣いたり声を荒げたりしない彼が。

これでもかこれでもかと踏みつけるかのように自分を傷つける私に、それでも側にいてほしいのかと私は呆れると同時に地獄に落ちていくような目眩を覚えた。


このひたむきな愛に自分は値しない。

彼といる限り自分は裏切り続けるだろう。

そしてこんなまっとうな愛をないがしろにする自分は一体どこに行ってしまうのだろうか。


心が完全に引き裂かれていた証拠に「大学を辞めてパリに行く」と言いながら、私はゴールデンウィークに森くんと一緒に九州に行く約束をした。両親に会わせるつもりだったのだ。九州の両親も、真面目で姉からも信頼されている私の恋人に会うのを心待ちにしていた。

そのゴールデンウィークの直前だった。

とつぜん私が嵐に巻き込まれていくように激しい恋に落ちたのは。

プカプカ

その男が共通の知人、藤に連れられて初めてジャズバーに来た時、私は彼のことがとても嫌いだった。生理的に嫌い、といった類の嫌悪感だった。

甘いマスクで俳優ばりの見事なハンサム。

実際にスカウトされて芸能事務所に所属していたほどだった。もちろん私のタイプでもなかったし明らかにそれを鼻にかけていたし、気取って人を見下すような尊大な態度もテイラーのジャケットを着込んだ出で立ちも嫌いだった。

芸大の油絵科の学生だと名乗って作品の写真を見せてくれたが、その作品を見た瞬間にも「こういう男とは関わるまい」と思ったくらいだった。黒い画面にモノトーンの陰影で人物と植物が描かれていた。エリート芸大生だけあって写実の腕は高かったがその絵は病的なエゴの匂いがあった。

その男を連れてきた藤もそもそも嫌いな男だった。世間知らずで頭でっかちの坊ちゃん育ちのくせに何かと私に敵対心を見せる男だった。後で知らされたのだが、そもそもその夜二人は酒の席で藤が不道徳で傲慢な女がいると私の話をしたので、じゃあその女を懲らしめようということになって私が働いていた店に来たのだそうだ。

私は嫌だったがそれから彼は何度も私の働いている日に一人ででも来るようになった。私の誕生日にはシャンペンを空け、あまりに何度も誘われているうちに一度だけ、と会う約束をしてしまった。

森くんが写真撮影のために小旅行で東京を離れる週末だった。

二人で会ってみたら彼は急にまったく違った顔を見せた。尊大な態度もなく私を笑わせようとして手品まで始めた。私が笑うと嬉しそうな甘えた目で私を見る。

そのギャップが意外だった。


散々笑って私がタバコに火を点けると彼は顔をしかめながら尋ねた。

「なんでタバコなんか吸うんだよ。やめなよ」

「なんでいけないの？」

男はちょっと拗ねたような上目遣いで言った。

「女の人がタバコなんか吸ったら病気の赤ちゃんが生まれてくるんだぜ」

別に君に関係ないし、と吹き出してから私は言った。

「私の大好きな歌があるの」

　俺のあん娘はタバコが好きで
　いつもプカ　プカ　プカ
　からだに悪いからやめなっていっても

いつもプカ　プカ　プカ
遠い空から降ってくるっていう
幸せってやつがあたいにわかるまで
あたいタバコやめないわ
プカ　プカ　プカ　プカ　プカ

男は顔をしかめて「くだらないよ」と言った。
私は遮って続けた。

「この歌にはね、すごく深い真実があるの。私は女の人の究極の幸せは子供を産んで育てることだと思ってる。子供を産んで安心して育てられるなっていうくらいの安定した暮らしを得て、その中で子供を育てることだと思ってる。その安定が手に入らない限りは私は子供を産みたくないの。子供を不幸にしてしまうでしょ。子供は絶対的に幸せに育てたいの。だから私は間違っても子供を産んで育てるなんて思わないようにタバコを吸っているの」

それを聞いていた彼は片手で顎を支えて背中を丸めてあらぬ方向を真剣に見つめていた。

そのあまりに真剣な表情に私は戸惑った。

彼はその視線を私に移すと真っ直ぐに私の目を見据えてこう言った。

「君ってすごいこと言うんだね」


その夜私の部屋で一夜を過ごした彼はあくる朝早く「バイトがあるから」と出て行った。

こんな朝早くになんのバイトだろうと意外に思いながら見送ったが、それっきり彼からは連絡は来なかった。


私は気を揉んでいた。

その夜、彼に抱かれながら私は森くんの名前を呼んだのだ。

酔いもあったがそれだけではなかった。

その瞬間のことをはっきりと覚えている。


その場の快感に身を任せようとして目を閉じるたびに、森くんの諦めに似た悲しげな表情が目に浮かぶ。涙がこみ上げてくるのを感じて思わず私は「森くん！」と声に出して呼んだのだ。

男が動きを止めて胸元から情けない目をこちらに向けて「ミキちゃん、俺は森くんじゃないよ」と言った。思わず彼の頭を両腕で抱きしめて「ごめんね」と少し笑ったら彼も少し笑った。その出来事をひとり反芻しながら彼からの連絡を待ったが連絡は来なかった。

そのうちに森くんが東京に戻ってきて、私は何食わぬ顔でいつものように食事をしてビールを飲んだ。

最近はこんなことがあると「またやっちゃった」とまるでバーゲンで靴を衝動買いしたことでも話すようにさらっと話してしまっていたのに、何故か今回は重大な秘密を作ってしまったような気がして口に出しかねた。

「あの人が店に来たんだって?」

誰から聞いたのか森くんが男の名を出した。

「あ、そうそう」

気もなさげを装って軽く流した。森くんは私の顔をちらっと見て「ふうん」と言っただけだった。

いつものように森くんが私に覆いかぶさってきてペニスを挿し込んできた時に薄目を開けたら、今度は森くんの顔があの男の悲しげな顔に見えた。

その瞬間得体の知れない恐怖に駆られてほとんど錯乱状態のようになって森くんの首にしがみついた。「森くん！　森くん！」彼の名前をヒステリックに叫びながら泣き出した。彼は驚いて身を起こして私の身体を抱きしめた。私は彼の胸にしがみついたまま嗚咽した。訳のわからない彼はただただ私の肌をさするばかりだ。

どこかで知っていたのだ。もはや自分がコントロールのできない激情に呑み込まれてこの安らぎの場所から永遠に離れていく運命にあることを。

マッチ箱のお地蔵さん

森くんに抱かれてヒステリー発作を起こした次の日に、私はアパートに戻って男の電話番号をダイアルした。

男は電話に出て私の声を聞くと鷹揚な調子で「ああ、君か」と言った。

その冷たい声に落胆しながらどぎまぎして言った。

「あの、私、この間あなたにとても失礼なことをしたんじゃないかと思って」

電話の向こうの彼の声が少し笑った。

「いや仕方ないよ。習慣ってもんだろ」

その声を聞いて私はホッとして今度は少しふざけた調子で言った。

「こんなことになっちゃってどうするんですか?」

「仕方ないよ、だって気に入っちゃったんだもん」

その子供っぽいが静かな覚悟を込めた表現が私の胸にすっと落ちていった。

「気に入っちゃったんだもんね」


男はその日の夕方に新宿のドトールコーヒーの二階に来てくれと言う。二階の窓際にあるカウンター席に座って外を見ていてくれ、と。

私は言われたとおりに指定されたカウンター席に座った。外をみると道路を挟んで向かいのビルの二階のオフィスが見えた。綺麗に磨き上げられた大きな窓ガラスが夕日を浴びて反射している。

その窓を見ているとそこに清掃員のブルーのつなぎを着た彼が現れた。手にはモップとバケツを持っている。こちらを向いて手を大きく振ってバケツを頭に被る振りをしたりふざけたポーズを取ってみせる。驚いた私は笑い出した。わけがわからない。

彼はビルの清掃のバイトをしているのだった。朝早く私の部屋を後にしたのもこのバイトのためだった。きちんとした身なりをしたエリート画学生の彼は、実はバイトをたくさん掛け持ちしている苦学生だった。その夜バイトが終わってから新宿で飲んで初めてその生い立ちを知らされた。

神宮真人はヤクザの組長を父親として生まれヤクザの家で育てられた子供だった。当然母親は組の姐さんだ。

小さい頃は父親の羽振りもよく、欲しいものは何でも与えられ若い衆に囲まれてボンボン育ちだったが、小学校に上がる頃から父親が熱海の芸者と懇意になり家に帰らなくなった。嫉妬に狂い、精神的に追い詰められた母親から身体的な虐待を受けるようになったのもこの頃だった。

殴られたり猿轡を咬まされて手足を縛られて押入れに閉じ込められたりして、小学校低学年の頃に腐った牛乳を飲んで死のうとしたのだと彼は言った。

やがて父親は熱海の芸者を正式に家に連れて帰り鬼のような母親は家を出て行った。やっと家族で暮らせると思ったのも束の間で、父親と継母が地獄のような喧嘩をするようになった。刃物を持ち出したりは日常茶飯事だった。だんだん父親は家に帰らなくなり、かつてミス熱海としてファッション雑誌の表紙に載るほどの売れっ子芸者だった継母は、家にお金を入れてくれなくなった父親の代わりに働かざるを得なくなった。自身も身寄りのなかった彼女は、血の繋がらない真人に愛情を注いだが歪んだ愛情でしかなく、真人は赤の他人に食べさせてもらっているという屈辱に耐え、慣れない仕事で荒れて理不尽に自分に当たり散らす継母の顔色を窺いながら暮らした。

中学校の頃からアルバイトをしながら真人はほとんど独学でデッサンを学び、国立芸術大学の中でも一番ハードルの高い油絵科に合格したのだった。

「奨学金だってさ、ヤクザの子供は無利子の一番いいやつはもらえないんだぜ」

神宮さんは言った。

「どうして？」

「だってヤクザって建前上はいろんな肩書きを持ってんだよ。建設会社の社長とかね。お妾さんとどっかに消えてお金は入れてくれません、なんて証明できないんだよ」

実際に彼は父親がどこで暮らしているのかはっきり知らなかった。かつて彼を虐待していた母親も。ただ大学入学などの節目節目にお祝いを包んで人づてに送ってきたりしたので、近辺に居ることは確かだった。

想像を絶する環境で生き抜いてきた彼の精神力に感服しながらも、彼の他人に見せる尊大な態度と裏腹な甘えた表情のギャップがどこから来るのかなんとなく理解できた。自分も周囲の仲間たちもみんな甘ちゃんに見えた。そんな環境で大人や社会を批判したり、表現活動を云々してきた自分が恥ずかしくなるような彼の存在だった。

神宮さんは浪人時代に夜明けにしていた清掃のバイトの話を始めた。

「毎日ビルの周りを掃除すんだよ。早朝だからさ、酔っ払いとかまだ寝てたりしてさ、道のゲロとか綺麗に洗ったりすんだよ。それがけっこう楽しくてね。で、ある日道を掃いてたらな、こんっくらいのちっさいお地蔵さんが落ちてんだよ。小石かと思ったけどよく見たらお地蔵さんなんだよ。二センチにもならないくらいの。俺、すっごい嬉しくなっちゃってそれを拾ってね、マッチ箱に入れて誰も気がつかない窓と窓枠の隙間に置いたんだよ。それから毎朝そこに行くとまずお地蔵さんに挨拶してから掃除すんだよ」

そんなまるで子供みたいな話を彼は嬉しそうに話す。

「あ、そうだ！　これから君と一緒にお地蔵さんがまだあるか確かめに行こうか？」

「だってもう三年前なんでしょ？」

「あるかもしれないぜ。だって本当に誰もわかんないような場所なんだよ」

半分呆れながらも彼の嬉しそうな顔に首を縦に振った。

二人は飲んでいた居酒屋を出てもう誰も居なくなった夜のオフィス街を歩いた。彼ははしゃぎながら私の腕を取って歩く。

「じゃこうしようぜ。俺たちのこれからを占うんだよ。もしお地蔵さんがまだ居たら俺たちはこれからハッピーになれる。もしお地蔵さんが居なくなってたらもう会うのをやめよう」

果たしてその場所にお地蔵さんは居た。ちゃんとマッチ箱の中で待っていた。神宮さんは大声をあげて笑いながら私を両腕で抱き締めた。私までなんだか嬉しくなってはしゃぎ声をあげた。

「あったよ！　ちゃんとあったよ、お地蔵さん！　待っててくれたんだぜ。これはお告げだよ。俺たちはハッピーになれるんだ！」

Body And Soul

未だに私の手元に残っている
モノクロームの一枚の写真がある。
その中の私はジーンズに白いシャツを身につけている。
頭にバンダナを無造作に巻き

シャツの裾をウエストで絞って胸元ははだけたままだ。
私は森の中の小径に子供じみた表情で
放心したように立っている。

その背後には夏の木漏れ日が画面いっぱいに溢れていて
木々の葉っぱと光の陰影はまるで粗い点描画のように
柔らかく広がっている。
私は自分を包み込むひたすら純粋で美しい背後の光には
まるで無頓着で
あらぬ方向を見つめて物憂げな表情をしている。
その光と影の点描はそっくりそのまま
ファインダーを覗いた人のどこまでも優しく
物静かな眼差しだった。

お地蔵さんのお告げの夜から私は、そのまま豊島区にあった神宮さんのアパートに行って一週間戻らなかった。

自分のアパートに戻ってくると、留守番電話にレコーディングテープがいっぱいになるほどのメッセージが残されていた。私はテープを巻き戻して再生してみることもせず一番にイチローに電話をかけた。


「私、神宮さんとそーゆうことになったたから」

と告げるとイチローは驚く様子もなく
「お前、もう森には惚れていないんだな?」

と尋ねた。

「うん」と私は答えた。

「わかった。あとのことは何とかするから」

とイチローはそう言って電話を切った。


しばらくすると電話が鳴った。

私は一息おいてから受話器を取る。

「もしもし」

「もしもし。森です」

付き合ってから何年経っても彼は折り目正しかった。

「ミキちゃん、どこ行ってたの？」

そう尋ねる声の不安の色がマックスになっていた。

「私、神宮さんを好きになっちゃったの」

「どうせそんなこったろうと思ってたよ」

彼らしくない荒っぽい口調で吐き捨てるように言った途端に電話を切った。


私は受話器を耳から離して電話機の上に戻してから、なおも両手を電話器に置いたまま目を閉じて深呼吸をした。胸の鼓動も手の震えも止まらなかった。


こんな残酷な捨て方をして森くんはこれからどうなるのだろうか。まだ付き合い始めて日が浅い頃にジュンが言った言葉を思い出した。

「あいつ下手すると四十まで引きずるぞ。わかっててやってんのか？」

こんな別れはもっと前にするべきだったのだ。

彼の親から罵倒された時に。

とどのつまり彼らは正しかったのだ。

でも少なくとも今この地獄を抜ければもっと長く続くかもしれない地獄を通らなくて済む。それが私の唯一の言い訳だった。

またしても自ら愛した男の心臓をナイフでひと突きにするような仕打ちをしながら私は涙を流さない。

神宮さんのバックグラウンドを知った今、彼との恋に飛び込んでいくのはボロボロのロープ一本を身に繋いでバンジージャンプに飛び込むような愚かな行為だった。何の保証も約束もない。

暗く屈折してどこか胡散臭い彼には友人たちも距離を置いた。ゴールデンウィークに森くんに会えるのを心待ちにしている家族だって、土壇場で覆してこんな男に走ったのを知ったらどんなに驚くことか。味方も何もかも失うのは目に見えていた。

でももうあの悲しげな瞳、寂しげで甘えるような眼差しは、私の心にキリキリと痛みを感じるほどに突き刺さって離れてくれなかった。

それからしばらくの間、私と神宮さんはまるで狂気じみた高揚感でバイトや授業以外の時間を片時も離れずに過ごした。

森くんを九州に連れて行けない、違う人を好きになったからと告げられた母は電話の向こうで絶句し、森くんが大のお気に入りだった姉は泣きじゃくった。友人たちもみな突然のことに呆気に取られた。

銀座のギャラリーで開催された写真展に森くんが発表した作品を見た後輩のユキコちゃんが、その夜私のバイト先にきてカウンターで泣いた。彼女だけじゃない、他の後輩たちもその写真を見て泣いたのだと聞かされた。

「ミキさん、あんまり酷すぎます」

閉店間際のギャラリーにこっそり行った。

それはかつて二人で歩いた北陸地方の山道で撮影したポートレイトだった。タイトルは「ミキちゃん」

私はそんな周囲に向かって必要以上に残酷に極悪に振る舞ってみせた。ここで同情や悔悛をみせて何になるというのだ。森くんを徹底的に避けた。

部屋に戻るたびに留守番電話のメッセージはいっぱいになっていたが、テープを巻き戻して再生することもせずにメッセージを削除した。

ある晩のこと。いつものようにジャズバーに行くとマスターが複雑な表情で私に目配せをした。

マスターの視線の先に森くんが一人で座って飲んでいた。

アパートの電話にも出ず留守番電話のメッセージも聞かない私をあちこちと探し歩き、九州の実家にまで電話をかけたという森くんが、大きな背を丸めて速いピッチでバーボンのロックを次々に注文した。

「おい、今日は早く上がっていいから、その代わりどうにかしろよ」

マスターに囁かれて私は黙って頷いた。


帰り支度をした私が肩に触れると彼は酔った顔を上げて私を見て微笑んだ。

「もう飲み過ぎだよ。帰ろうよ」

彼は素直に立ち上がって店を出た。


少しふらつく彼に腕を貸しながら同じ路線の地下鉄に乗り込む。二人が出会った頃からいつも一緒に乗った地下鉄だ。

彼は微笑みながら酔って潤んだ目を私に向けて言った。

「今日は俺、君んちに行くよ」

私は慌てて言った。

「ダメだよ。ちゃんと家に帰って」

だが彼は聞き入れる様子もなく、相変わらず微笑みながら自分の駅でドアが開いても岩のように動かなかった。その無言で立ちはだかる大きな身体にかつて感じたことのない威圧感を感じて抗議ができなくなり、とうとう彼を連れて自分のアパートのドアを開いた。

彼は後ろ手でドアを閉めるなりいきなり私を両腕で力の限り抱きすくめた。その勢いに押されて私は狭い玄関口でよろけた。初めて見る彼の荒々しさに恐怖を感じて思わず身を硬くした。

私を身体ごと玄関の壁に押し付けて、そのバーボンの匂いのする唇を私の唇に近づけてきた瞬間に私は顔を背けて、

「ダメだよ、こんなことしちゃ！」と小さく叫んだ。

突然凍りつくような暗く鋭い視線が私の目を捉えた。

「あの人のために操を立てるの？」

その言葉を聞いたとたんに私は崩れ落ちるように抵抗するのをやめた。力を失って自分の腕に倒れこんできた私の身体を彼は抱きかかえてベッドまで連れていくと、その上に横たえた。

ゆっくりと私の服を脱がせていく間、私はもうなすがままにされたまま涙を流し続けた。

こんな時ですら彼は優しかった。私のカラダの隅から隅まで愛おしげに口づけし慈しむように愛撫した。

私は泣きながら「こんなことしたってもうダメなんだよ、もうダメなのに」とうわ言のように繰り返した。

目を固く閉じていても彼の視線を感じた。

目を開いてその目と合わせることは恐ろしかった。

心はもう奪われてしまった私のカラダを犯しながら彼は一体どんな表情で自分を見ているのか。

それを思うと壊れてしまいそうだった。

私の中で絶頂に達しそうになった時に彼は囁いた。

「ミキちゃん、今日俺の飲んでくれる？」

私は頷いて唇を開いた。

大きなペニスを喉いっぱいに押し込んだ私をそれでも彼は見つめ続けていた。私は視線を感じながら悲しみで窒息しそうだった。

気の済むまで貶めればいい。

この情景を記憶に焼きつけて憎しみで愛情を塗り替えられるのならば。

私の首を支えていた彼の両手に次第に力がこもってくるのに私は気がついた。

この人は私のことを殺したいと思っているんだ。

それも悪くない。

この人がそうしたいなら。

心の苦しみからかそれとは裏腹な肉体の快感からかそれとも本当に死に近づいているのか、もう判断できない中で朦朧としながら私は彼の体液を飲み下した。

La Bohème

奈良の興福寺の千手観音菩薩像の前に二人は立ち尽くしていた。まるで雷にでも打たれたかのようにしばし言葉を失って凍りついていた。

二人が恋に落ちて日も浅いのに、神宮さんは大学の必修である奈良での研修旅行に行かなければならなくなった。

いつものように四谷のジャズバーで働いていたら彼が店に電話をかけてきた。

「こっちの仏さまがな、すごいんだよ。カッコイイんだよ。君に見せたいんだよ。君、奈良に来れないか？」

「来れないかって」私は笑いながら答えた。

「だって今夜も十一時までお店だもん。無理だよ」

「新宿を夜中に出る夜行バスに乗れば来れるよ。頼むよ。来てくれよ。見せたいんだよ、君に」

私はマスターにお金を借りて、十一時にバイトを終えたその足で新宿から夜行バスに乗った。

「急用ができました」と引率の教授に伝言のメモを残して研修を抜け出し、早朝の奈良駅に迎えにきた彼は私の手を取って興福寺に連れていった。

まるで熱病にとりつかれたような二人が巨大な観音菩薩の前に立ち尽くしていたのは、その静かな厳かな金色のお顔の半分閉じるようにしてこちらを見下ろしていたその両目から、頬を伝って涙が流れていたからだった。

後になって何度その情景を思い浮かべては戦慄したことか。その時私たちは知る由もなかったこの恋の結末を観音様は確かにご存知だったのだ。私たちの行く末を哀れんで涙を流されていたのだ。

その千の手で生きとしいけるものすべてを救ってくださるはずの観音様は、だが私たちに手を差し伸べることはせずただ哀れんでいらっしゃった。

なぜなら観音さまはご存知だったのだ。二人が自らの恋を生き、破壊し、汚し、自らが堕ちていくほかにまた上がっていく道はなかったことを。

仲間たちは留年した私を残して卒業していった。モラトリアムがついに終わりを告げて現実社会に出て行った。

バブルの狂宴は崩壊寸前だった。ベルリンの壁が壊され東西の冷戦が終わりを告げたが、その代わりに民族紛争の火種が世界中で起きつつあった。バルカン半島、湾岸地域。暗い時代がすぐそこまで来ていた。

時を同じくして私の生活は神宮さんとの恋ですっかり変わっていた。

彼は強烈な寂しがり屋でしかも嫉妬深かったので昔のように男友達と飲み歩くなんて論外だった。私はジャズバーで相変わらず働いていたが彼はそれをもあまり喜ばなかったし、周囲も彼と付き合いだしてからの私とはそれとなく距離を置いた。

私はむしろそれを喜んでいた。もう以前のような生活はこりごりだった。

もうひとつほっとしていたのは今度こそ本当に孤児と付き合っているということだった。あの母親の罵倒を受けなくて済む。親とも身寄りともあまり縁がない天涯孤独に等しい彼ならば気が楽だと思った。

もちろんそれは天涯孤独で育った人間の傷がどんなに深いものかなんて知らなかった、当初のお気楽さだった。

神宮さんはアパートの部屋で油絵の制作をする時に私に一緒にいてくれとせがんだ。

「君も俺の絵を一緒に見ていてくれよ」

彼が油絵を制作しはじめると長い間どこにも出かけなかった。私は小さなキッチンで料理をした。もともと料理は嫌いではなかったので私は彼が好きな料理を色々と作った。

折しも第一次湾岸戦争が始まっていた。

テレビを点けると、バグダッドの空でアメリカ軍の落とす爆弾が炸裂する映像が生中継で流れた。大国の利権がいつの間にか殺戮の大義名分とすり替えられてしまうこんな世の中で、美しいのは私たち二人だけのような気がした。二人はまるで時代錯誤なプッチーニのオペラの中にでも生きているかのような愛の生活にますます閉じこもっていった。

彼は私の手料理を食べる時に感激のあまり突然涙ぐんだ。

「ちくしょう、なんでこんなに美味しいいんだよ」と呟くのだ。

それは家族というものに飢えて育ったからでもあった。彼はこうも言うのだった。

「こんな美味いもんがあるから俺は死ねないいんだよ」

そんな言葉を聞くたびに胸が締め付けられた。この人はどれだけ一瞬一瞬をギリギリの状態で生き延びてきたのだろうか。

彼は私に一緒に居酒屋や一杯飲み屋にも付き合わせたがった。自転車で二人乗りして近所の飲み屋に行って、酒を飲みながらいろんな話をするのが日常だった。

彼は私の知識や感性を高く評価してくれて面白がって話したが、時々討論がオーバーヒートした。彼は私のヌード写真を嫌がった。

「私のヌードである必要はないしそこに意味はないの。ただモデルがいないから自分で撮るだけなんだよ。貴方だってヌードの絵を描くじゃない」

「だけどそれを見る奴らはやっぱり君の裸だって思いながら見るんだぜ。写真と絵は違うさ」

「そんなのそう思う奴らは放っておけばいいのよ。私の表現を理解してない人のために妥協するつもりはないわ」

そんなことを言っているとまるで駄々っ子のように突然彼が怒鳴る。

「俺が嫌なんだよ！」

付き合い始めてからほんの数ヶ月しか経たない頃のことだった。

神宮さんは昔からの友人と飲みにいって帰りが遅くなっていた。部屋で一人で待っていた私のところに夜中過ぎに帰ってきた彼は、上着もシャツも血まみれで右手にぐるぐる巻きの包帯を巻いていた。悲鳴をあげた私を見て彼は興奮気味に笑い転げている。

「壁をパンチしたつもりがショーウィンドウだったんだよ」

「どこで？」

「池袋でだよ。あいつが悪いんだよ。以前あいつの上司から頼まれて絵を描いたことがあるんだよ。奥さんにプレゼントしたいからバラの絵を描いてくれってな。で俺四号のバラの絵を描いて売ったんだよ。そしたら今夜あいつ、こないだその上司がその絵をあいつにくれちゃったって言いやがる。俺が奥さんへのプレゼントのために描いた絵をだぜ。わかるだろ？　そしたらあいつ、これはビジネスだからいいんだって言うんだよ」

「それでショーウィンドウを割ったの？」

「いや俺は怒ってあいつを置いて店を出たんだよ。あいつも奥さんが妊娠してるし喧嘩したくなかったからな。そしたらあいつわざわざ追いかけてきてしつこく説教するんだよ。お前のそういうところがいけないんだとか何とか言ってさ。それで俺頭に来て右手で壁をパンチしたつもりがショーウィンドウだったんだよ。あいつさ返り血浴びながらタクシー止めて病院に連れてってくれたのはいいんだけどさ、医者が失礼な奴なんだよ。

　酔っ払い扱いしやがって。こっちは大事な話ししてんだ！　って怒ったらあいつが泣きだしちゃってさ。縫ってもらえ、絵が描けなくなったらどうするんだって」

私は彼の右手が使えるようになるまでそばに居て世話をした。

バイトに行くと、就職してからなかなか会えなくなっていたイチローが久しぶりに店に来た。私は彼の怪我のことを面白おかしく話してひとしきり笑った。

仕事を終えてほろ酔いで一緒に店を出て、新宿通りを駅まで歩きながらつい切なくなってイチローの腕にすがった。

「どうした？」とイチローは尋ねた。

「心細くなったか？」

私は黙って頷いた。

私は以前のように自由に写真を撮ることができなくなっていた。最後に出品したのは今まで頑なに否定し続けてきた顔を出したセルフポートレイトだった。

彼の嫌がるヌードの代わりに自分が意図しなかったものを撮ってしまった。三脚を立てて連写モードで次々に苦しげに顔を引きつらせたり、何かを叫んだり髪をむしったりしていた。

自分が何をしたいのかさっぱりわからなかった。

ただカメラの前で叫び出したい気分だった。

それはかつて目指していたものとはほど遠い剝き出しのエゴだった。


それから間もないある日のこと、私は暗室で写真をプリントしていた。何年も住み慣れた暗室の赤いランプのもとで、強い匂いの現像液を張ったバットの中で竹製のピンセットでつまんだ印画紙を揺らしながら、ゆっくりと印画紙に浮かんでくる画像を黙って見つめていた。そこにたまたま居合わせたもう一人の部員に向かって突然私は言った。

「私、もう写真やめるわ」

そのまま暗室を出て行ってそれっきり二度と戻らなかった。


自分に才能なんて最初からなかったと思った。自分みたいな恵まれた環境にいて親に大学に通わせてもらって、表現だの芸術だのと標榜してきたことを恥じた。私のモチベーションなんて甘すぎる。私があの人のような環境にあってもそれでもなお表現をしようとするだろうか。

彼は比較的授業料の安い国立大学の学費ですら納期になると駆け回って工面した。自分を捨てて出て行った父親が若い愛人のヒモのように暮らしている部屋を訪ねて行って、頭を下げることもあった。

そんな日にはかならず深酒になった。

「最初に芸大に落ちた時にさ、俺もう終わったと思ってね。群馬におばあちゃんが居てさ、俺のおばあちゃんじゃないよ。昔親父が組で面倒見てた人だよ。その人が呼んでくれたからそこに行ったんだよ。おばあちゃんがおにぎり作ってくれてさ、絵の道具持って山に行ったんだ。で座って山の風景見てたらさ、その山が美しいんだよ。あまりに美しくて描けずにぼーっと座って気がついたら二時間が経ってた。こんな美しい山を描かないで死ねないと思って慌てて東京に戻ってきたんだよ」

「山が美しいんだよ」と言いながら彼は涙を流していた。

私はパリに行くだの、ニューヨークに行くだのと一切言わなくなって大学五年目で山ほど残っていた単位をすべて取得した。不可能だと思われた卒業を可能とし、働いてお金を稼いで彼を経済的に支えるのだと就職活動を始めた。私の変わりようは周囲を驚かせた。驚く以上に悲しむ友人も居たし、女友達のさっちゃんのようにあからさまに神宮さんを憎む人も居た。

理知的なさっちゃんはずっと後になってから私に言ったことがある。

「私はあの男が大嫌いだった。ミキちゃんをボロボロにしたあの男が許せなかった。どうしてあんな男と一緒に居られたの?」

彼女の激しすぎるほどの愛情に感じ入りながらも私は苦笑した。

「どうしてってね、心底惚れちゃうっていうことはそういうことなんじゃないの、きっと」

私はおよそ男にかしずいて手料理を食べさせるだけで満足する女じゃなかった。ましてや経済的に男を支えるなんて現実的な生活能力に長けた人間でもなかった。けれども私はそうなろうとした。

もちろん逃げもあった。自分が成し遂げる自信のない創作活動を彼が現実にしてくれる。

自分の夢を自ら実現せずに彼に託そうというずるさもあったのかもしれない。でもそれだけではなかった。

私たちはよく酒の肴にいろんな芸術作品の話をした。世界中の芸術作品の中でひとつだけ貰えるとしたら誰のどの作品を選ぶかなんて話をした。

私はウィーン美術館を訪れた友人が複製を買ってきてくれて部屋の壁に貼っていたエゴンシーレの作品。彼は言った。

「俺はピエタだな。ミケランジェロの」

「あんなでっかいもの、貰ってどこに置くの？」

と私は笑った。

瀕死の息子キリストを膝に抱く聖母マリアの姿が彼の理想とする芸術の頂点だった。その根底にある悲しい渇きを私は癒してあげたいと心の奥底で思った。傲慢にも私はピエタになりたいと願ったのだ。

孤独に育ってきた魂を癒し、彼の芸術活動を支えることができるのならば自分のことなんてどうでもいい。今までの自堕落な遊びや芸術家気取りもすべて捨てよう。

思えばそれはいつも単純な動機が始まりだったような気がする。石尾さんがお腹が減っているからお腹いっぱいにさせてあげたかった。森くんが自分を切なげに見ていたから触れてあげたかった。

相手を幸せにしてあげたい。
それなのになぜかいつも上手くいかなかった。

それは私が重大なことに気がついていなかったから。
自分が幸せでないかぎり誰一人幸せにすることなんて出来っこないということを。
ピエタ（慈悲）と自分の間に横たわるとてつもない深淵を愚かにも私は知らなかった。

You Must Believe In Spring

真夏の正午近くの眩しい光が部屋いっぱいに溢れている中でビル・エヴァンスが流れていた。ビル・エヴァンスなんか嫌いだ。こんな完璧な美しさ。

二人は裸のまま白いシーツにくるまっている。アルコールと快楽の名残が肉体と精神を重く鈍くさせたままそこから動けないのだ。まだ深く眠っている男を両腕でかき抱きながら考える。どうしてどんどん孤独になるんだろう。

身体を重ねれば重ねるほどに二人の溝は深くなり孤独の深淵に落ちていく。孤独を感じれば感じるほどもっと狂おしくお互いを求めあうけれど、その深淵から這い上がる方法はどこにも見つからないのだ。

二人の眠るその部屋の倦怠に満ちた空気の中で、ビル・エヴァンスのピアノだけがただ清々しく美しく透明な波のように胸を打ち、それは私を苛立たせますます悲しくする。

泥のように眠る男の肌にすがりつきながら私は灼けるように願った。この美しい瞬間だけのために今、死にたい。また君が目を覚まして二人して深淵に堕ちて行く前に。

さっちゃんが本気で神宮さんを憎むようになったのは、私がたんこぶや痣を作って彼女の前に現れてからだった。


その日の激しい喧嘩のきっかけは私が男友達と出かけたことだった。

バイトが終わって西荻窪にある「アケタの店」にジャズのライブを聴きに行ったのだった。山下洋輔のソロだった。その夜山下洋輔が演奏するのを知った私はどうしてもどうしても聴きに行きたくなった。

当然終電で帰れる時間に終わらないのはわかっていたが、その時の私はその結果どんなことになるかを考えたくもなかったし、半ばどうでもいい気分になっていた。無理をする生活にほころびが出ていたのかもしれない。

男友達のオギはトラブルになりそうな気配を感じて乗り気じゃなかったが、私がしつこく誘った。恋愛感情のかけらもない友人だ。嫉妬される理由もやましく感じる理由もない。

朝帰ると部屋は空だった。私の写真がズタズタに切り裂かれて床に散らばっていた。

その光景を見たとたんに私の中で何かが爆発でもするように一瞬我を失った。とっさにハサミを持ち出すと長かった髪を地肌から三センチほどのところで切り落とした。怒りと悲しみが後から後から溢れてきて鏡も見ずに髪の毛を鷲掴みにしては切り落とす。たちまち床の上の写真の破片の上に髪の毛の束が散乱した。

突然ドアが開き私の姿を見た彼が逆上して叫んだ。

「何やってんだ！」

私はその声にさらに煽られて興奮状態でわめき散らした。

「私だって人間よ！　人間が友達と好きな音楽聴きに行くことの何がいけないの？　私がこんな汚い髪ならいいんでしょ？　綺麗にしなければ友達と出かけてもいいんでしょ⁉」

「君は俺と暮らしてんだ。俺と一緒になってもしかして子供を育てるかもしれないんだぜ。母親になってても子供を置いてどっかの男と遊んで朝帰りするのか⁉」

「そんなに自由がないんだったら私は女じゃなくてもいい、母親にもならない、妻にもならない」

彼は怒鳴った。

「そんなら出て行け！　俺はいつ君が俺を裏切って突然いなくなっても平気なんだ。俺は心の底から他人を信用することなんてないんだ！」

なんという絶望的な言葉。

その言葉を聞いたとたんに目の前が真っ暗になった。目の前にあった大きな置き時計をいきなり摑んでそのガラス板を思いきり頭に叩きつけた。ガラスは割れて床に散乱した。

「私は好きだったことも全部やめて友達もいなくなって、それでも貴方の為に頑張っているのにどうしてそんなことが言えるの⁉」

その途端私の身体は床になぎ倒されて気がついたら彼がその身体や頭を足蹴にしていた。

興奮しきった彼はキッチンに行ってナイフを持ち出して目の前に投げ出した。

「どこまで俺を追い詰めれば気が済むんだ⁉」　そんなに憎かったらそのナイフで俺を刺せ、俺を殺せ」

そう叫んだと同時に彼はその場にへたりこんで泣き始めたのだった。

いつの間にか二人とも疲れ果てて泣きながら眠り込んでいた。

床の上で目を覚ました彼は、その横に寄り添うように眠っていた私のまるで浮浪児のような頭を見てまた泣いた。片腕で私の身体を抱いてもう片手で頭を撫でながら「君、こんなんなっちゃって、可哀想に」と繰り返した。頭を撫でられて目覚めた私はその時初めて自分の頭がコブだらけなのに気がついた。

神宮さんとの恋はまるでジェットコースターのように激しいアップダウンの連続だった。上がっていく時はこの上なくスリリングで楽しかった。自転車で二人乗りしてスーパーに買い物に行くだけで冒険のよう。一瞬一瞬が目眩のようなトキメキだった。セックスは触れ合ってもいないのに目と目を合わせただけでイキそうだった。

芸術の話をしたり作品を見て歩いたり、アパートで彼が静かに絵を制作する横で私が料理をして本を読んだり、日常がそれだけで刺激的だった。

けれど一旦意見が食い違って激情にかられるととんでもない方向に向かった。日常的に暴力に接して育った人間の宿命で、彼は感情のコントロールができなくなると暴力に訴えた。それはどこかで直接傷つけなくて済むようにモノに当たったり自分に向かったりもしたが、私に及んでしまうこともしばしばあった。

私にもその病気が移った。彼の興奮に呼応するようにヒステリックになり私が拳で三回殴って彼が一回平手打ちするといった具合だった。

ずっと後になって私は「気」についての研究の本でこんなことを読んだ。人間の中には生まれつき普通よりも大きなエネルギーを持つ人が居て、そういう人間は何かを創りだしたり仕事をする時にはとても大きなことを成し遂げることができるが、そのエネルギーをうまくコントロールできないと自らを傷つける大きな負のエネルギーになる、と。

それを読んだ時にかつての神宮さんと自分の破滅的な関係を思い出した。思えば二人ともとてつもない大きなエネルギーを持った者同士だった。その二人があんなに強く惹かれあったのも、そしてあんなに激しく傷つけあったのも無理はなかった。

「俺は誰ひとり心の底から信用することはできない」

その言葉は何度も何度も私の心を凍りつかせた。その言葉を聞くと激しい無力感に襲われた。どんなに彼の魂を抱き締めようとしても、すべてを擲って彼の真心に触れようとしても最後に拒絶された。

普通の家庭で育った私には想像もつかなかったのだ。人間が人生で最初に信頼し愛を期待する対象である母親に酷い仕打ちを受けた彼が、他者を愛し愛されたいと願い、自分の人生に他者を受け入れること自体がとてつもない試みだったことを。

私に側に居てほしい離れないでほしいという彼の願いが彼自身を怯えさせ追い詰め、何の疑いもなしに自分に飛び込んできた私の存在自体が彼を怯えさせていた。

いわば恋愛そのものが神宮さんにとっては絶望的な矛盾だった。

その頃から私は健康に不調をきたし始め、激しい胃痙攣を起こしたり嘔吐したりを繰り返すようになった。

東京キッド

私は大学五年で卒業した後さまざまな仕事をした。

最初は高級輸入品を主に取り扱うデパートに勤務した。ショッキングピンクのタイツに黒のミニスカートを穿いて面接に行った時のファッションと語学力を買われて、将来海外バイヤーになる人材として雇われたが、神宮さんとの相変わらずのアップダウンと激しい喧嘩の生活の中で九時五時の勤務はとても無理だった。体調も悪化し出勤前に新宿駅のトイレで嘔吐や下痢を繰り返し、ついにそのままある朝、早朝のライブハウスに入って無断欠勤をして退社した。

それからフランス旅行でお世話になって以来目をかけてくれた新聞社の記者から紹介してもらって、大手の雑誌に記事を書く仕事を始めた。何の経験もなく大学を卒業したばかりの私にとってはあり得ないようなチャンスだった。

ファッションや音楽関係の小さな記事を取材して歩いて書く仕事は面白かったし自分に合っていた。

何本か小さな記事を書いた後、別のやはり大手の出版社からも仕事の話をもらった。当時はかなりエッジーな記事を載せて人気を博していた雑誌だった。

看護婦さんのことについての記事の依頼だった。知り合いの紹介などを通じて何人かの看護婦さんに会って取材して記事を書いた。こうやって人から話を聞いてその人たちのことを書くのは嫌いじゃない。みなそれぞれに若いながらもいろんな背景でいろんな人生を生きている。

編集責任者の女性から電話がかかってきた。彼女は私と同年齢だったが、以前の企画で性風俗の仕事に従事する女性たちの特集が好評だったので今回抜擢されたのだった。

「とても丁寧に取材されているし面白く書けているのですけど、もう少し踏み込んでもらえませんかね？」

「踏み込む、というとどういう風にですか？」

「例えば看護婦さんって入院患者さんとエッチとかしないいんですかね？」

私は次の日に編集長に面談を申し入れて、
「エロ読み物の記事とは存じあげませんでした。取材に応じてくださった看護婦さんたちのことを考えると、とてもこの記事は書けません」
と仕事を辞退した。

ある時私が好きだったアングラの女王と言われた歌手、浅川マキのことを書く企画が雑誌に取り上げられた。寺山修司、ムッシュかまやつ、山下洋輔といった一流のアーティストやミュージシャンたちとも長年セッションを重ねてきた彼女の、誰にも真似できない独特の世界と歌声が私は大好きだった。

マスコミ嫌いで有名だった彼女の事務所に恐る恐る電話をしたら、受話器を取ったのはなんと本人だった。

緊張しながら現在のライブ活動のことを記事にしたいと伝えたら、最初は彼女の活動なんて何も知らない若い記者だと思って警戒気味だったので、私は自分の持っている彼女のレコードのアルバム名を次々に挙げ最近観たライブハウスの名前も連ねた。

彼女は私が本当に彼女のファンであることに驚いて、それから一時間以上延々といろんなことを話してくれた。感激しながら必死で彼女の話に耳を傾けメモを取った。

最後に彼女は「私は子供もいないからこれから先の日本なんてあまり興味も持たないけれど、貴女のような若い人とお話しすると元気が出るわ」と言い、私の名前を尋ねた。こちらの名前を告げると「貴女の名前は忘れないわ」と言って電話を切った。

彼女の話の内容の深さと私自身の感動が大きすぎて、四〇〇字の小さな記事に収めるのにかつてないほど苦心して書き上げた記事は我ながら不出来だった。

その記事が誌面に載った時に私は驚愕した。大幅に書き換えられたのは仕方なかった。が、その記事にはライブの様子を「昔と同じファッション、昔と同じ音、だが声にはもう昔のような艶はない」と書いてあったのだ。私はもちろん一行もそんなことを匂わせる文章すら書かなかった。

ひとえに私の力量不足だ。

あの長い会話の後、本人がこの記事を読んだら何と思うのだろう。悔し涙を流した。

見てもいないライブの聴いてもいない歌声について、こんな風に書いて活字にしてしまう編集者の無責任さ。これがマスコミか。

世の中そんなものだと諦めて続けていくのが大人というものかもしれない。けれど私には無理だった。

私は次に彼女が吉祥寺でライブを行った時にワレモコウの花束を受付に託けた。

「私の力不足のせいでとんでもない記事に書き換えられてしまいました。本当に申し訳ありませんでした」

と手紙を添えて。それっきり記事を書く仕事を辞めた。

神宮さんを経済的に支えるなんて言って卒業した私だったが、彼を支えるどころか自分を養う生活費すら稼げなかった。

私は比較的高い時給を目当てにスナックでの仕事を探した。じゃあ一度試しに来てごらんと言われた店で、サラリーマンに請われて「少女A」をカラオケで歌って二度と戻らなかった店もある。結局落ち着いたのはカウンターだけの年齢層の高い馴染み客だけが通う小さな店で、そこで私は美空ひばりを歌って喜ばれた。

右のポッケにゃ　夢がある
左のポッケにゃ　チュウインガム
空を見たけりゃ　ビルの屋根
もぐりたくなりゃ　マンホール

私は完全に迷い道に迷い込んでしまっていた。


その小さなスナックでいつものように働いていたある夜のことだった。店の電話が鳴り受話器を取ったママが「ミキちゃん、電話よ」と言う。

「もしもし？」

電話口の向こうでイチローの異常に張り詰めた声が響いた。

「ジョーが死んだ」

I Remember You

次の朝、冷たい春の雨の降る中、ひとり私はバスに乗っていた。黒い半袖のワンピース一枚だけ纏って。寒さで震えながら、でもそれ以上に緊張と恐怖で震えながらバスの手すりにつかまっていた。

私はジョーにお別れを言いに行く途中だった。

道路の端っこの歩道とアスファルトの隙間に落ちていた小さな醜い塊が視界に飛び込んできた瞬間私は眼を見開いた。それは小さな猫の轢死体だった。

私は嗚咽した。ジョー、アンタもこんな姿になったのか？　赤羽駅のホームから電車に吸い込まれるように身投げしたというジョー。

トランペットを奏でたあの長い指先も粉々になってこんな風にただの肉の塊になったのか？　もう二度と私たちの前であのメロディーを奏でてくれることはないのか？

あんな醜い塊になったアンタにどうやってお別れを言うの？

その一年前に単位がそろわずに留年した私を残して、かつてジャズバーで夜な夜な飲み明かした仲間たちは大学を卒業していった。それぞれがいわゆる一流企業に就職が決まっていたがトランペッターのジョーだけは仕事に就かなかった。

毎年三月になるとまるで恒例のように私が恋愛騒動を起こしジョーの躁状態が少しひどくなるのが常で、ともに魚座のB型の二人の「木の芽時」と仲間たちは笑ったものだが、その年の三月にはそれが笑えない事態になっていた。

大学卒業を目前にしてジョーの躁状態はひどくなり、妄想や強迫観念の症状が見られるようになった。高校、大学時代を通して付き合っていたアッコちゃんと別れたことも一因だったのかもしれない。短大を卒業したアッコちゃんに両親がお見合い話を持ってくるようになって二人は別れた。ある時酔ったジョーが私に言った。

「逃げたんだよな？　俺は」

ジュンの部屋に電話がかかってくる。電話に出るとジョーがひどく切羽詰まった様子で話しかけてくる。

「俺だけど明日どうしても付き合ってもらいたいことがあるんだよ。空いてるか？」

ジュンは嫌な予感を抱きながらも平静を装って答える。

「明日は就職の件で呼び出されてるんだよ。悪いな。明日じゃなきゃだめなのか？　あさっては空いてるよ」

「そうか、じゃいいんだよ。気にするな。明日じゃなきゃダメなんだよ。まずいんだ」

「何がまずいんだよ？」

「明日な、氷川神社の賽銭箱にピカピカの五円玉を投げに行かなきゃ日本がやばいんだよ」

ジュンはショックを押し殺す。

「そうか、すまんな。手伝えなくて」

その五分後にまたジョーから電話がかかってきてまったく同じ会話を繰り返すのだ。

仲間たちは心配してジョーの車の鍵を取り上げたり、二十四時間態勢で交代で彼の側に誰かが居るようにしたが、それぞれが仕事に就く時期になりさすがにそんなことはできなくなった。仲間たちはジョーを埼玉の実家に連れて行き彼の父親にすべてを打ち明けた。ジョーはその春から決まっていた就職を辞退して実家で療養することになった。

それから一年間彼がどんな風に暮らしていたのかよく知らない。皆それぞれが必死だった。

第一ジョーの病気について誰もあまり知識を持っていなかった。彼が真面目で正義感の強すぎる男だということは誰でも知っていた。それが彼の愛すべきところでもあり懸念の材料でもあった。何にでも人一倍真剣に向き合い自分のことのように怒り悲しむ男だった。私が寝た男に向かっていちいち「森の存在を知りながら」と本気で突っ掛かる。どっちもどっちだよ、と私は苦笑いしたものだった。

そんなジョーがとりわけ長年付き合った恋人のことで、自分をどれだけ責めていたかは察しがついた。

でもどうやって助けてあげればいいのか見当もつかなかった。なす術もなく愛すべき友人の精神が崩壊していくのを見るのは辛いことだった。

皆が散り散りになってからちょうど一年後の春にジョーが自死を遂げ、その三ヶ月後に私が精神病院に入院した。その時にジュンがぽつりと言った。

「あいつも入院させてれば死ななくてすんだのかな」

誰も答えなんか知らなかった。

ジョーの実家をどうやって探し当てたのかわからない。立派な石造りの門を抜けて日本風の前庭に入っていったら久しぶりの面々がそこに立っていた。イチローやリキも居た。ジョーの死の知らせを受け取った夜、仲間のひとりがリキが残業していた会社に駆けつけたら、そのロビーでリキが同僚の襟首をつかんで殴りかからんばかりのところに居合わせ慌てて止めたのだそうだ。ジョーの死の知らせに同僚が軽口を叩いてリキが激昂したのだった。みな動揺していた。

他にもジャズ研や写真部や学科の友人たちも居た。みな大学を卒業して以来の再会だった。森くんも立っていた。私たちは黙って悲しく目を合わせてお互いに頷き合っただけだった。

かつての恋人のアッコちゃんの姿はなかった。皆はショックのあまり姿を現せなかったのか、それとも案外薄情な女だったのかと話した。

ジュンが硬直した表情で雨の中に立ち尽くしていた。まるで瞳孔まで開いているように見えた。青ざめた唇をかすかに震わせながら「お前も中に入って線香をあげてこいよ」と私に言った。

二間ほどもある玄関で靴を脱いで、大勢の人が座っている畳の部屋に置かれている棺の前に導かれた。棺の蓋は閉められたままだった。

即座にその意味を私は理解した。おそらく棺の中に見せられる死に顔なんてなかったのだ。遺影は誰が撮影したものなのか、見覚えのあるジョーのちょっとおどけたような表情とそれとは裏腹な真剣な眼差し。神経質そうな痩せた顔と細縁の丸メガネ。

そこに正座をしてみたものの何をしていいのかさっぱりわからなかった。棺の前に並んだいろんな道具を見回していると、お父さんと思われる男性がこちらにお辞儀をしてくれた。

「大変申し訳ありませんが、私、何をすれば良いのかさっぱりわかりません」

「まだお若いのだからこんなことは慣れない方がいいのですよ。息子の魂がまっすぐに天に昇っていけるようにお線香をまっすぐに一本立ててやって下さい」

彼は落ち着いた優しい声で私に教えてくれた。息子がいずれこうなることをおそらく予測していたのだろうと思わせる落ち着きぶりだった。

言われた通り火を灯したお線香をまっすぐに灰に立てると、その煙が昇っていくのを確かめてから手を合わせて目を閉じた。

もう一度庭に立ったら改めて寒さが身に堪えた。傘すら持たずに家を飛び出してきたのだった。

震えている私を見て、ジュンが自分の着ていたブルックスブラザースの背広を脱いで着せてくれた。私の身体には大きすぎる背広の肩が雨に濡れそぼった。

イチローとジュンと帰り道に赤羽駅のホームに立った。無言で立っていたらジュンが言った。

「死して赤羽拾うものなし、か」

みんなで口元を曲げて少し笑った。

こんな時にドライでシニカルなことしか言えないのがいかにも彼らしかった。慟哭できるような仲間たちだったらもっと傷が癒えるのも早かったのかもしれない。

ちょうどその一ヶ月後のジョーの月命日に、取り乱したアッコちゃんから仲間の一人に電話がかかったのだと後から聞いた。その日彼女はジョーから貰ったミュージックテープを聴いていたら、どうしても別れた恋人と話がしたくなってジョーの家に電話をかけたのだそうだ。ちょうど一ヶ月前にジョーが死んだことをその時、初めて知らされたのだと。

捨てきれぬ荷物

私が自分の精神状態が異常であることを自覚し始めたのは、ジョーの自死から一ヶ月ほど経った頃だった。

私は小さな出版社で働き始めたばかりだった。新しい小さな職場で編集や校正の仕事をしていると頻繁にトイレに行きたくなる。立ってトイレに行っても尿は出ない。立ったり座ったりするたびにオフィスの人がなんと思っているかが気になる。

自分の一挙一動を観察されているのではないかと思い始めるといたたまれなくなる。皮膚全体が神経になったような、あるいは神経がむき出しのままオフィスの重い沈黙に晒されているような感覚。

あらゆる周囲の人の動き、会話、表情、かすかな咳払いにまで過敏になる。それはとてつもない疲労感をもたらし仕事はまったく進まないまま疲れ果てる。

通勤の電車の中や街を歩く時も奇妙な感覚に襲われるようになった。世界が平面に見えて現実感がまったく感じられず、夢か映画のスクリーンでも観ているように思える。自分だけがその世界から切り離されているような感覚がした。

それに加えて何でもない物が異常に浮き立って見える。他人の手や傘の柄、カバンの金属のバックルなどが異常にギラギラして見えたりして、その何でもないはずの物がとても恐ろしくみえる。

ある時よほど怯えた表情をして電車に座っていたに違いない私に、隣に座っている中年女性が優しく話しかけてきた。

「大丈夫よ、私もそうだったのよ」

私を慰めるつもりのその声がとてつもなく恐ろしく聞こえた。

私はその女性の顔を見ることができずに膝を見つめたまんま身体を強張らせていた。

ある日職場につけっ放しにしていたラジオから、種田山頭火の俳句が女性のナレーションで聞こえてきた。

　　捨てきれぬ荷物の重さまえうしろ
　　分入っても分入っても青い山

それを耳にした途端に私は、まるで張り詰めた糸が切れてしまったようにトイレに駆け込んで泣き崩れた。

一生涯死の面影にとらわれて野山を放浪した俳人の独り言のような言葉。私の疲れ果てた心に沁み入ってその誘惑に私は限りなく傾いた。この重い荷物を捨ててしまえればどんなに楽だろう。

私はその春、神宮さんとの同棲生活を解消していた。彼の希望だった。

卒業制作を描きあげ大学卒業を迎えた彼はゲームメーカーに就職を決めた。芸大でも特に油絵科の学生は大抵大学院に残る。そこで制作を続ければなんとかアーティストとなって世に出ることになっているのだ。

教授は彼にもそれを勧めた。けれども彼にはそんな経済的余裕はなかった。
「僕は食っていかなきゃならないんです」と彼は教授に言った。恐らくその大学でそんな経済事情を抱えた学生など他に居なかっただろう。

就職前の研修で神戸に滞在した後に九州から戻ってくる私と合流した彼は、東京に戻る新幹線の中でこう切り出した。
「君と暮らしながら働くことはできない。この就職がダメになったら俺の人生は終わっちまうんだよ。奨学金だって返さなきゃならない。一歩間違えたら文字通り路頭に迷っちまうんだ」

新幹線の座席の隣に座って膝に目を落としながら私に語りかける彼の横顔は苦渋に満ちていた。自分のずるさをすべて承知の上で、彼にはそれでも私を振り切って自分を守るしか術はなかった。

私は座席に座って黙って彼の話を聞いていた。窓ガラスに額を押し付けるようにして窓の外を飛ぶように流れていく景色を見つめていた。虚しさがみるみる身体を侵していく病のように私を包んだ。

彼の言っていることは十分すぎるほどにわかる。本当にこの人には何の拠り所もない。なんの後ろ盾もなく大学を卒業し就職を決めたこと自体が奇跡的だった。この就職こそがこの人が生まれ育ってきた呪われた環境から抜け出すことのできるたった一本の蜘蛛の糸なのだ。それを断ち切るわけにはいかない。

今、せめて私にできることがあるなら彼の足手まといにならないことだけ。けれども私は一体何処に行けばいいのだろう。

新幹線が小田原に停まった時に私は突然立ち上がった。

「どこ行くんだい?」

驚いて尋ねる神宮さんに言った。

「海が見たいの」

突然新幹線を降りた私に彼は慌てて付いて降りた。以前この駅から歩いて海岸に出たことがあるのを思い出したのだ。

私は賑わう駅を出て惚けた子供のように無言で歩き始めた。

本当は一人になりたかった。一人きりになって海を見たかったのだ。一人きりで誰も知らない町に行ってそのまま戻りたくなかった。このままどこかに消えてしまいたかった。

だから慌てて私に付いて新幹線を降りた彼のことを理不尽に恨めしく感じた。それにも増してこんな風に彼に迷惑をかけてしまう自分の存在がとことん恨めしかった。

記憶のままにどこかうらぶれて時代遅れの商店街を抜けると海岸通りに出た。だだっ広い砂浜。懐かしい潮の香りが鼻をつき、緩く規則正しく寄せては返す波の音が空っぽの身体を満たしていく。ずっとこの匂いの近くで育った。

まだ春浅い海は鈍色の穏やかな波を湛えていた。どんよりと薄曇りの湿り気を帯びた重たい空。人っ子一人いない浜辺を黙々と砂の感触を確かめるように歩いた。

子供の頃からこの季節の海が一番好きだった。よくこの季節の浜辺を一人で歩いては物思いにふけったものだった。風もまだ冷たく暗い空と海の色のどこかしらほんの一滴の暖かい色が滲んでいるようなそんな海だ。私の心をきりりとさせてくれる。

私は可哀想な女にだけはなりたくない。

神宮さんは困惑して少し後ろを歩く。その足音が私の心を弱くする。私の表情を窺うようにして思い詰めた目をしている彼の顔が振り向かなくても目に浮かぶ。もう構わないでいいのに。

けれどもう何ひとつ言葉が浮かばなかった。涙も流れなかった。私の心はひたすら虚無感、そして途方もない疲労感が支配していた。

歩き疲れた私は立ち止まってコンクリートの階段に腰をおろすと、意味もなく足元に散乱した木の枝を集めてライターで火をともして焚き火を始めた。

延々と焚き火に木の枝をくべながらその火を見つめ続ける私のとなりで、彼もまたずっと黙ったまま座り続けた。

こぼれ松葉をかき集め乙女のごとき君なりき
こぼれ松葉に火を放ち童のごとき我なりき

昔覚えた佐藤春夫の詩が口をついて出た。どうして恋はこんな風に海辺で子供のように焚き火をするだけで完結しないのだろうか？　いつでも私が欲しかったのはそんな単純なことだった。どうしていつもいつもこの手から逃げていくのだろうか。

私は狂女のようにその詩を繰り返し呟きながら焚き火に木の枝や落ち葉をくべ続け、辺りに宵闇が迫ってきてついに神宮さんから促されるまでそこから立たなかった。

Good Morning Heartache

その頃私は健康をすでにかなり害していることを自覚し始めていた。かつてはふっくらとした身体が今では痩せぎすだったし、激しい胃痛や下痢は常態化していた。深夜にスナックの仕事が終わると嘔吐するのも日課のようになっていた。

フリーのジャーナリストになる気もすっかり失せていたし、もう一度健康のためにだけでも普通のお勤めをしてみた方が良いと思った。今になってもう野心もない私は知人のつてに頼ることもせずに、新聞の求人欄の片隅にあった小さな出版社の編集と校正の仕事を見つけた。

不倫の恋で落ち込んでいた女友達のキョーコと二人で国分寺にアパートを借りて一緒に住み始めた。今欲しいのは健康とささやかな穏やかな暮らしだけだった。

郊外にある小さな木造のアパートの部屋で気のおけない女友達との暮らしはそれなりに楽しかった。仕事から帰って食事を作ってワインを飲んだり古い映画を観たりした。朝はお弁当を作って出かける時にお互いの服を貸し借りした。

私は昔から好きだった木版画の道具を買い込んで小さな木版画を作った。一人の時はよくビリー・ホリデイを聴いた。絶望のどん底でも誇りを捨てずレディと呼ばれた黒人女。

一人で生きていける女になろう。

ある時本棚から本を取り出して開いたら、ページの間に四つに折りたたまれた便箋を見つけた。神宮さんの筆跡だ。

ミキ殿

今、窓の外をぼおっと見ていたら急に君に手紙を書きたくなりました。

僕が君と離れて暮らさなければならないと言ったのは

あれは本当は僕の為ではないんです。
あれは本当は君の為なんです。
僕は他人と一緒に暮らして他人を幸せにできる人間じゃない。
僕とこのまま一緒に暮らしたら君はどんどん不幸になっていく。
君が壊れてしまう。
君が壊れていくのを見るのは僕にとっては何よりも辛いことなのです。
だから二人は一緒に暮らせないのです。
これは二人のために良い選択だと信じています。
そして終わりではなく新しい二人の為の第一歩だと信じています。
だから君も元気になってまた一緒に笑って下さい。
君と一緒にいられなくてごめんなさい。
君を幸せにできなくてごめんなさい。

真人より

健康を取り戻したくて始めた新生活だったが、すでに長い間身体症状に顕れていた自律神経失調症は精神症状となって急激に進んだ。

週末になると神宮さんは国分寺のアパートを訪ねた。小さな花束や手土産を持って。私が作った料理を食べて抱き合って眠った。二人で過ごす時間は悲しくて優しかった。

穏やかな時は幸せだった。けれども些細なことで感情をコントロールできなくなる。

ある週末の夜に二人は食事をして楽しく話しながら青梅街道を歩いていた。神宮さんは自分の仕事のことを夢中で話していた。

「新しいゲームソフトの開発チームに入ったんだよ。最新の技術を使いこなせるようになるんだぜ。それを使いこなせるようになったら、独立してゲーム開発会社を作るよ。大金持ちになるから君をどこにでも連れて行ってやれる。どこに行きたい？　パリに行くか？」

私は彼の腕に力なく自分の腕を預けながら、彼の語る将来の夢の中に自分が居ることをちっともイメージできないまま話を聞いていた。思わずため息をついて、

「どこでもいい。でも私は今、どこかに行きたい」

と言った。何気なく出た言葉に神宮さんは急に暗い口調で言った。

「今はどこにも行けないよ。ミキちゃんわかってるだろ？　大切な時期なんだよ」

その言葉を聞いたとたんに私の全身が絶望と怒りに包まれた。私はこの人の重荷にならずに言葉のひとつも発することができない。口を開けばこの人を困らせてしまう。ついさっきまであんなに二人とも幸せだったのに。

突然私は自分を破壊したい衝動に支配された。この人と一緒に居たい、この人から離れたくない、と思う自分の想いを存在ごと破壊して消してしまいたい。そんな激しい衝動だった。

私は目の前に立ちはだかっていた陸橋を支えるコンクリートの柱を、両手の平で鷲掴みにして自分の頭を激しく打ち付け始めた。

神宮さんは大声で悲鳴をあげながら背後から私を力の限り抱きしめた。

「やめろ！　そんなことしたら君死んじゃうよ！　やめろよ！」

彼の腕の中で私はなおも暴れようとしたが彼の力に抗えなくなって間もなく脱力した。私の頭を彼は両手で覆った。振り乱した髪の間に指を絡ませて狂ったように頭をさすりながら、今は呆然と立っている私の頬に自分の頬を押し付けて泣き叫んだ。

「君がそんなことしちゃダメなんだよ！　そんなことしないでくれよ！　ダメなんだよ！」

道行く人が驚いて歩道のど真ん中で泣き喚く二人を避けて通るのを、私はぼんやりと眺めた。

見慣れた青梅街道の風景。黒々と街路樹が並びごちゃごちゃと小さな店や看板が続いている。そのいつもの風景の中で自分だけが異様な存在だった。自分はどうしちゃったんだろう。全身を激しい疲労感が襲い頭が割れるように痛かった。

Turn Your Lights Down Low

私は誰にも相談せずに電話帳で見つけた三鷹にある精神科に予約を取った。神宮さんはその日会社関係の予定があったのだがこう言った。

「事情を話して休ませてもらってもいいいんだぜ」

「大丈夫。一人で行けるから」


医師は「気持ちを落ち着けてくれる薬」と「眠りを助けてくれる薬」を処方してくれた。

私はお礼を言って診察室を出て会計を済ませてから大きな病院の門を出ると、向かいにあった小さな喫茶店でサンドイッチとコーヒーを注文した。食欲なんてもう長い間感じなかった。ボール紙のような味気ない乾いたサンドイッチを食べた後、今もらったばかりの錠剤を水と一緒に呑み下した。ほとんど祈るような気持ちだった。

バスに乗って国分寺まで帰る間、私はバスの一番後ろの座席の隅で泣き続けた。窓の外はもう初夏の風景がいっぱいだった。光に溢れる窓ガラスに顔を寄せて眩しい緑を見つめながらずっと泣いた。

生命力にあふれ希望に満ち満ちた自然が脅威にしか感じられない。そのパワーが憎らしかった。その前に自分の生命はまるで消え入りそうだった。ただ不安だった。

薬を飲んだら普通に戻れてお勤めができるようになると思ったのは大間違いだった。

薬を飲み始めた途端にまったく身体が動かないようになってしまい、会社に出勤できなくなってしまったのだ。会社に電話をかけて事情を話したら、社長が知り合いの多摩川沿いにある病院を紹介してくれた。

それから診察の日まで私は会社に行けずに家で過ごした。不安が増していくだけだった。身体の自由が利かない。意識もぼんやりする。以前のように神経がピリピリはしないけれどとても日常生活を送れる状態ではない。

神宮さんはなす術も知らずただ仕事が終わると私の部屋に来て寄り添ってくれた。朝になると私の部屋から会社に通った。

「一人で病院に行けないだろう？　会社を休めないんだよ、今忙しい時期で。九州のお母さんに俺から電話して話して来てもらおうか？」

彼は辛そうだった。

「大丈夫だよ。キョーコが一緒に行ってくれるんだって」

不安な気持ちで家に一人で居る時に、私はふと昔覚えた電話番号をダイアルした。石尾さんの連絡先だった。

電話に応えた懐かしい声に向かって「もしもし」と話しかけたら、一瞬沈黙が流れてから「ミキ」とため息のような深い声で私の名を呼んだ。

「私ね、頭がおかしくなっちゃったみたいなの」

唐突な話し方に石尾さんは少し笑って聞き返した。

「頭がおかしくなっちゃったの？」

自分が病気になったらしいこと。薬を飲んだら身体が動かなくなって仕事を休んでいること。今週紹介された病院に診察に行くことになっていることなどを、ちょっとろれつの回らない言葉で話してあまり長くない会話を終えて受話器を置いた。

ただ声を聞いて安心したかった。

診察の日の前の晩遅くにアパートの電話が鳴った。電話に出たキョーコがはっとしたように私に目配せをした。

「うん、わかった。今から行くよ」

受話器を置いたキョーコは私に言った。

「石尾さんがね、国分寺駅まで来てる。迎えに行くから待ってて」

短い会話の中で私の住んでいる場所を聞きだしたに違いなかった。

キョーコに連れられてアパートのドアに現れた彼は、昔とまるで同じようにちょっと照れ臭そうに笑いかけたがその目の色にはショックを隠せなかった。私の姿の変わりように驚いたのだ。

彼は私のお気に入りのラスタ帽と革ジャンを着ていた。キョーコも私も神宮さんがこの訪問を知ったらどんなに傷つくか知っていたが、それでも暗く落ち込みがちだった二人の生活に石尾さんの訪問が嬉しかった。明るい彼は私の歴代の男達の中でもキョーコのお気に入りだったのだ。

「明日の仕事はどうするの？」

キョーコが尋ねた。もう石尾さんが住んでいる町に帰るには遅すぎる時間だったのだ。

「会社には休ませてくれと話してあるよ」

「そんなことできるの？」

驚いてキョーコが聞く。

「大切な人が病気なんですって言ったんだよ」

そう言って私を見た彼の目に深い悲しみの色があった。

キョーコは先に休み石尾さんと私は床の上に向かい合って座った。

私は薬の副作用でぼおっとしているにもかかわらず、少し興奮気味なのとこんな変わり果てた自分を見られる恥ずかしさを誤魔化すために意味のないおしゃべりを続けていた。ナーバスにタバコに立て続けに火を点けて自分のグラスにワインを注いだ。石尾さんのグラスに注ごうとすると「俺はいいよ」と静かに言う。

彼は黙ったまま私のことを悲しい目で見つめ続けていた。その視線が耐え難く私は更におしゃべりを続けた。

やおら彼は身を乗り出して私の手からワインのグラスを取り上げて静かな声で言った。

「もうやめろ。いつからそんな飲み方するようになった？」

そして私のまるで力の入らない身体を両腕で抱き寄せてから、手のひらで頭を優しく覆って自分の胸に押し当てた。

「もう喋らなくていいから目をつぶれよ」

私は諦めて言われるままに両目を閉じてその胸に身体ごと預けた。

何という安らぎだろう。全身から力が抜けていくのがわかった。近頃なかったくらいの安堵感が胸を満たした。

かつて私はこんな場所に居たんだ。どうしてここを離れて彷徨い続けなければならなかったのだろう。そう思うと閉じた両目から涙が溢れ出した。

「どうして来てくれたの？」

「お前から電話をもらってな、一晩中寝ないで考えたんだよ。お前にしてやれることって何だろうってな」

「何だったの？」

「俺にしてやれることはたったひとつしかないんだよ。この目で今のお前をしっかり見てやることだけだよ」

やっと静かになった私を両腕で抱いたまま彼は畳の上に横になった。そのまま私は眠りにつき朝になるまで彼は私を抱き続けた。

次の朝キョーコは石尾さんに私の付き添いを託した。電車を乗り継いで川沿いの病院まで付き添い、またアパートのドアまで送り届けたら彼は帰って行った。

Little Girl Blue

暗がりの中で私は息を潜めて縮こまっていた。天井も壁も白い小さな部屋のベッドの上、小さな窓に月明かりで鉄格子の影。慣れない静寂と闇の中で私は怯えた小動物のように目を見開いたままだった。


私はその日この精神病院に入院した。

「少し休養が必要ですね」

とメガネで白髪交じりの医者がいとも軽やかな笑顔で言った。


寝付けない私は暗闇に腕を伸ばして家から持ってきたカセットテープの山からサッチモのテープを探した。

ヒキガエルというニックネームの愛すべき黒人男のユーモラスでどこまでも優しい温かい声を聞けばきっと落ち着けるはず。Louis Armstrongと背に書いたカセットテープを見つけ出して、ウォークマンのサイドボタンを押して開いた蓋の内側にテープをセットしてからプレイボタンを押した。

ヘッドフォンから流れてきた声を聴いたとたんに戦慄が走り、次の瞬間私はベッドから飛び出た。

それはサッチモではなく何年も前にジョーが録音してくれたニーナ・シモンの悲しい歌声だった。何年も行方不明になっていたテープが突然ジョーの形見となって流れ出したのだ。

さあそこにお座り
そして自分の指を数えなさい
だって他に何ができると言うの？

ジョー。

自分が狂っていくことを知りながら、なす術を知らず線路に飛び込んだジョー。

私が狂い始めるほんの二ヶ月前に死んでいったジョー。

ここに居るの？　何しに来たの？

私は裸足のまま冷たい病院の廊下を走ってナース室に飛び込んで震えて言った。

「追加薬をお願いします」

ジョーお願いだから放っておいてよ、私を。

私はまだ生きたい、生きなきゃならないんだよ

一ヶ月の入院で私が得たことと言えば数々の風変わりな人々と出会ったこと。特にその後何年間もの間ほとんど熱烈な恋人同士のような勢いで手紙を往復させることになった十歳年上の賢治さん。

彼は桁外れのインテリでロマンチストの詩人だった。ひどい躁鬱と分裂症と癲癇を病み長年に亘る入院生活に倦み疲れていた。彼は病院で出会って以来、何年もの間私の闘病生活の良き理解者となり支えとなってくれた。

二人の往復書簡を精神病に対する啓蒙の為にいつか世に出そうという私との約束を守ることなく、彼は二〇〇〇年の春に自死を遂げた。

それ以外に得たことは運動量が減ったせいで筋肉が落ちた上に食欲も減ったことで私の体重が激減したこと。薬の副作用も加えて退院する頃にはすっかり傍目にも「患者」らしくなってしまったことだ。

カウンセリングとは名ばかりで何の役にも立たない。申し訳みたいにロールシャッハテストやったりした程度だった。絵の具を流して半折りにした模様を見せられて「何に見えますか?」と尋ねられたので「悪魔が女性器にあやしい液体を注ぎ込んでいるように見えます」と答えてみたら案の定かなり深刻な診断をされた。

睡眠薬とマイナーの精神安定剤と抗鬱剤の三種類の薬のおかげで眠る時間が増え、目が覚めている間も身体や頭はうまく働かない。入院当初は「うまく安定すれば仕事に戻れます」なんて話だったが、現実問題としてとても会社に通えるような状態でも体力でもなくなっていた。

退院の日に迎えに来てくれた神宮さんと二人で国分寺のアパートに戻った。同居人のキョーコは最近始めた映画のロケの仕事でインドネシアに出張中だった。郵便ポストにキョーコからの絵葉書が入っていた。

「インドネシアの青い空を飛んだら絶対にミキをあの病院から今すぐに出す！　って思ったよ。退院おめでとう。家で迎えてあげられなくてごめん。まーちゃんにたくさん甘えて下さい」

お風呂が入ったよ、と神宮さんに言われて服を脱いだ私の姿を見て彼は思わず情けない声を出した。

「ミキちゃん、お猿みたいになっちゃったね」

夜遅くなって先にベッドに入っていた私の横に入ってきた神宮さんは、私の痩せて骨ばかりの身体を抱きしめた。ゆっくりとその手が身体をまさぐり始めたが私は何も反応できないまま目を閉じて身じろぎもしなかった。

「ごめんね、まーちゃん。私壊れちゃった」

「いいんだよ。壊れちゃったんじゃないよ。疲れてるだけだ。すぐに戻るよ」

神宮さんは私をもう一度抱きしめてから頬ずりをしてくれた。しばらくそうやって静かに私を抱きしめていたが、やがて小さな声で言った。

「おうちに帰りたいね」

「おうちってどこのおうちのこと?」

「わかんない」

それからしばらくしてから彼はわざと子供っぽい口調でこう言った。

「おちんちん握ってくれよ」

私はトランクスに右手を入れてその中のペニスを握った。トランクスの中で彼のペニスは少しだけ硬くなった。

そのままペニスを握ったまま彼の胸に顔を埋めて静かに呼吸をしていると「気持ちがいいからやっぱりここがおうちかな?」と彼は笑って言った。


私はふと目を覚ました。

何時なのか見当もつかないような夜の闇。睡眠薬のせいで重い頭でやっとどこに寝てるのか思い出して、横に居たはずの神宮さんを探して目を凝らして見ると闇の中でぼんやりと彼の背中が見える。キッチンの豆電球がオレンジ色に彼の背中の輪郭を照らしていた。私は彼を呼ぼうとしたが舌も唇も重くてうまく動かない。彼は畳の上にあぐらをかいたまま背を向けて頭を深くうなだれている。

声を出すのを諦めてその後ろ姿を見つめていると、その背中が細かく震えているのに気づいた。彼は声を押し殺して泣いていたのだった。

私はもう抗う力もないまま深い悲しみの淵に引きずられていくようにまた目を閉じてそのまま眠りについた。

花　火

退院した私は毎日を家で過ごし気分が良いと外に出ようとした。電車に乗って友達に会いに行くこともあったし家事をしたり木版画もした。イチローやジュンが連れ出してくれることもあった。

けれども朝起きることも難しければ、食事を摂って身支度をして外出するといった普通のことをこなすのにとても時間がかかり、疲れ果てて途中で諦めるようなこともしばしばだった。身体も頭もまるで泥のように重いのだ。

どうしてこんな簡単なことがなかなかできないのか自分でもイライラする。どうやって仕事に戻るというんだ？　薬のせいなのか鬱のせいなのかもわからない。

楽になったと思えばもっと辛い日もある。そんなちょっとした変化に一喜一憂させられる。

体重は落ち続ける一方だった。体力を戻さねばと無理やり食事を口に押し込むがまるで味がしない。一回分の食事を流し込むのに半日かかったりする。

普通の生活を送っていた時には想像もつかなかったような低レベルの努力でもがいている苦しみは、本人にも他人にも説明のしようもない。

ある時大学に用事があって構内を歩いていたらダンディズムの教授にばったり会った。教授は私の姿を見て「久しぶりだな！　どうしてる？」と尋ねた。

私は自分の情けない姿に恥じ入りながら答えた。

「学生時代に暴れた罰が当たって頭がおかしくなっちゃいました」

その一言で教授は事情を察してとても辛そうな表情で私に言ってくれた。

「君の頭がおかしいんじゃないよ。君は正常なんだ。君は正しいからだよ」

「先生、今のこんな私を肯定しないで下さい。肯定されたら治らなくなっちゃいます」

私はその時この病気の本質を理解していなかった。自分を否定し続けたことこそがこの病気の根源だったことを。

思えばどれだけ長い間自分を否定することしかしてこなかったのだろう。それなのにまだ私は自分を否定することで「病気を治そう」と必死にもがいていた。

金曜日の夜には神宮さんが仕事からまっすぐに私の部屋に来てくれた。ある晩、彼は他のいろんなお土産と一緒に花火セットを買ってきた。

「飯食ったら花火しに公園に行こう」

私をベンチに座らせてビールを持たせてから、彼は一メートルほど離れた地面にしゃがみ込んで大きな花火から点火し始めた。

次々に色とりどりの火花が右に左に飛び交って、その度に闇がパッと明るくなってはまた闇が戻る。それから彼は大きなロケット花火を砂場の砂に並べて立てた。端から順に点火し始める。ヒューッと派手な音を立てて星のない夜空高く花火が飛んでいくのを目で追って私も思わず声を上げた。

久しぶりに屈託のない神宮さんの笑顔が浮かびあがっては消えた。こんな時の彼はいつも本当に子供みたいに嬉しそうだった。

最後に残った線香花火を私の手に持たせてから彼は火を点す。

ぱちぱちと微かな音を立てながら、いとも儚い火の玉からまた赤い繊細な火花がいろんな方向に伸びては消える。あっと言う間に弾けては消えて最後の火の玉が力尽きて地面に落ちてしまう。

闇の中に幻のように現れては消える小さな彼岸花のような火花を二人して眺めていたら、

突然私はこう言ってしまった。

「まあちゃん、私、結婚したい」

神宮さんが驚いて私を見たのを目の端で捉えながら、私は俯いたまま花火の最後の火花を見つめ続けて両目をいっぱいに開いていた。言葉が口をついて出たとたんに涙が目に溢れてきたのを堪えようと必死だったのだ。

「どうして急にそんなこと言うの?」

私は胸の中に溜めていた言葉が堰を切って止まらなくなってしまったかのように喋り始めた。

「あのね、私、正気の時間がどんどん短くなっていくのがわかる。自分が何をしてるのか、何をしようとしているのかもわからなくなる。普通に動いたり、こうやって笑ったり花火したりご飯食べたり、まあちゃんと普通のことができる時間もどんどん少なくなっていくような気がする。だからちょっとでも普通にいられる今のうちにまあちゃんともう一度だけ一緒に暮らしたい。もう一度だけまあちゃんと幸せな思いをしたい。もう一度一緒に暮らせたらもうその次の日には死んでもいいの」

そこまで夢中で言い終えたら耐えきれなくなって私はボロボロと涙をこぼしてしまった。

最後の線香花火の玉が地面に落ちて二人を闇と沈黙が包んだ。

私はなんて滅茶苦茶なことを言っているのだろう。けれども口をついて出てしまった。ただもう私の身体の中にはその想いしか残っていなかった。他の望みなんてひとかけらもなかった。というよりむしろその望みだけが私を生かしているようですらあった。

神宮さんはしばらくの間身じろぎもせずに暗闇を見つめていたが、やがて言った。

「いいよ、結婚しよう」

Paint It, Black

夜更けに高円寺駅から阿佐ケ谷駅へとつなぐガード下の路地を一人で歩いていた私は、見覚えのある小さなバーの前を通りがかり立ち止まった。小さな窓から見える店内の壁のチェ・ゲバラのポスター。

私はドアを押してカウンターだけの小さな間口に立った。客は居なかった。

「いらっしゃい」

振り向いた中年のオカマのけんちゃんが私を見た。けんちゃんは太り気味の身体に貼りつくようなタイトフィットのTシャツを着て、夜中だというのに野球帽を被っていた。以前にそのTシャツにわざわざプリントしたドイツ人指揮者ブルーノ・ワルターについて、けんちゃんが自慢げに延々と語っていたのを思い出した。

「あら、あなた家出でもしてきたの？」と吹き出した。

私が肩に担いでいた大きな旅行バッグのことを笑ったのだ。

「あなた見たことある顔ね」

「はい、神宮さんと以前一緒に」

「ああ、大竹しのぶ似の彼女ね。一体どうしたの？　こんな時間に一人で？」

「はい、あの」

言葉に詰まった私を見て何か事情があると察したけんちゃんは、「まあ座んなさい。何飲むの？」と私を促して座らせた。

けんちゃんが作ってくれたライムの浮かんだジンリッキーを一口飲んでからこう切り出した。

「先週末、ここに彼来ましたか？」

「神宮？　ああ来たわよ。金曜日だったかしら？」

「やっぱり。何を飲みましたか？　酔ってましたか？」

「ジンストレート三杯飲んだわよ。ここに来た時にすでに酔ってたし、いい飲み方じゃなかったわね。もうやめなって追い出したのよ。どうして？」

けんちゃんは少し身体を斜に構えて後ろの壁にもたれ、タバコをくわえながら怪訝な表情で横目で私を見た。

「多分ここで飲んだ後だと思うんですけど、土曜日の朝逮捕されて今杉並警察署に留置されているんです」

「ふうん、そうなの」

けんちゃんは驚いた様子もなく、むしろ困ったわねという感じで顔を一瞬しかめてからタバコに火を点けた。

「一体何をしでかしたの？」

「私もまだよくわからないんです。ただ中杉通りで事務所の前に彼が酔いつぶれていて、その事務所の人がバケツの水を掛けたら怪我をさせられたらしんです」

「傷害ってわけね。まあ道に倒れてる酔っ払いにいきなり水かけるバカも相当よね。で、相手の怪我はどうなの？」

「まだよくわかりません。私も杉並署から知らせを受けて今夜九州から出てきたばかりで」

「そうなの？」とけんちゃんはここで驚いた風に眉を上げた。

「だってあんたたち結婚するんじゃなかったの？　言ってたわよ神宮が」

「はい。そう約束したんですけど私がまだ全然体力が戻らないので、もうちょっと良くなるまで九州で静養してからって約束で、先週私のアパートを引き払ったんです。荷物全部送り出してアパート空にして木曜日に私を東京駅で見送ってくれてその次の日に」

「ああ、その日はね。上司の赤ちゃんが生まれたお祝いに呼ばれたんだって言ってたわ。お家に呼ばれてね。奥さんと赤ちゃんと友達や会社の同僚なんかで庭でＢＢＱしたんだって。それで酔っ払ってここに来て愚痴愚痴言っててね、他人の幸せを素直に喜んであげられないなんてカッコ悪いわよ、って言ってやったのよ」

「そうなんですか」

私は疲れとショックのあまり呆然とグラスの中に浮かんでいる氷とライムを意味もなく見つめた。東京駅で別れた時に彼はＢＢＱのことも上司の赤ちゃんのことも私には言わなかった。

けんちゃんの背後の棚にグラスやボトルやマッチ箱なんかと一緒に置いてある小さなトランジスタラジオからミック・ジャガーの歌声が聞こえていた。

まるで世の中すべてを敵に回したような憎しみ。黒く塗れ。

「で、あんたどうするの？」

「明日の朝、杉並署に行きます。まだどうすればいいのか、さっぱり」

けんちゃんはタバコを吹かしながら横目で私をジロジロと見てこう言った。

「とりあえずあんたがちゃんと食べないとね。何キロあんの？　よく歩けるわね」

「三十五キロです」

「惚れてんでしょ？」

突然溢れてきた涙がこぼれそうになって私は俯いた。

「ならあんたが食べて助けてあげるしかないのよ」


二人して急速に破滅に向かう、まるで道行きのような結婚の約束だったが、もしかしたらという淡い期待がないわけではなかった。

一緒に暮らして安定した生活をすれば、もしかしたら私の病気が良くなるかもしれないという淡い期待だった。痩せすぎた私はもう半年以上生理も止まったままだというのに神宮さんは子供の話までした。

それでも二人の約束が馬鹿げていることを心の奥底で知っていたに違いない。約束とは裏腹に私の状態は悪化するばかりでついに九州に引き揚げることになったのだから。

同居人のキョーコには一人暮らしの部屋を見つけてもらい、引っ越しは神宮さんが手伝った。

東京駅に見送りに来た彼は私に言った。

「いっぱい美味しいもん食べてちゃんと太るんだよ。君は俺の奥さんになるんだぜ」

結婚はおろか次にいつ会えるのか見当もつかない別れだった。

果たして次に彼に会ったのは杉並警察署の留置場だった。

酔いつぶれた神宮さんにバケツの水をかぶせたのは、都議会議員を兄に持つ地元の有力者の建設会社の社長だった。

被害者によると水をかけられて飛び起きた神宮さんは、咄嗟に強力な回し蹴りを社長に食らわして見事に鼻に命中してしまった。出血と痛みで慌てて家に駆け込んだその男性を彼がさらに追いかけて家に入って台所に置いてあった刃物を手にした。慌てて家族が一一〇番して目と鼻の先の杉並署から駆けつけたパトカーで神宮さんは現行犯逮捕された。

逮捕されてから彼は家族の連絡先を聞かれても何も答えられなかった。もちろん知らなかったからだ。何とか連絡が取れたとしても駆けつけてくれるのは暴力団関係の人間だけだった。そんな人間が出てきて有利に働くわけがない。
逮捕されてから書類送検されるまでの最初の四十八時間に、彼はまったく手を打てずに最悪の条件で書類送検されてしまった。
やっと刑事に告げた私の実家の電話番号で連絡を受けた私が杉並署に駆けつけた時には、すでに被害者の言い分がすべて事実として記述された調書が検察署に送られた後だった。

彼に面会する前にまず私は取調室で調書を取られた。刑事さんは中年の優しい人だった。彼を相手に私は泣きながら神宮さんの家庭環境、苦学して優秀な大学を卒業したこと、やっと一流企業に就職できたことなどを話した。

「あの人は本当に正義感の強い人なんです。それに幼稚園で絵画教室を開いて子供達を教えたりして優しい人間なんです。酔った勢いで急に水をかけられてびっくりして咄嗟に蹴ってしまうことはあっても、間違ってもその上傷つけるために追いかけて刃物を向けるような人ではないんです。私にはとてもその社長さんの言い分は信じられません。多分あの人は謝ろうと思って追いかけたんだと思います。あの人が今までどんな苦労をして大学を卒業したことか。それが台無しになったらいけないんです」

赤の他人の前でこんなに本気で泣いたことはなかったくらいに泣きながら私は訴えた。私の長い話を刑事さんは本当に気の毒そうに聞きながら書き取った。神宮さんが家族に連絡できないが為にまるでクズのような扱いをし、地元の有力者である被害者の一方的な話を全部事実として書類送検してしまったことをあきらかに後悔しているのが見てとれた。

それから神宮さんに面会した。ドラマや映画で見るように本当に金属製の網ごしだった。彼は私の顔を見るなり言った。

「君、大丈夫か？　本当にすまんね」

そういう自分も憔悴しきった顔で一番に私を気遣う彼の言葉を聞くなり、気丈にしていようと心に決めていた私はまた泣き崩れた。

そこに彼が留置されたのは二週間。起訴されて拘置所に移されてから保釈金を払って保釈されたのは実に一ヶ月後だった。

その間私は夢中で駆け回った。

彼に面会できる時は差し入れを持って面会に行き、イチローが探してくれた弁護士の提案で罪を軽くしてもらえるようにとの嘆願書を彼の知人や友人を頼って集めて歩いた。彼の絵を買ってくれていた人々や大学の先生、職場の上司、東京郊外まで出向いて人に会って頭を下げて歩いた。

示談に応じてくれない被害者に直接頼んでみようと、事件現場になった建設会社の事務所に一人で行ったこともあった。被害者は唾棄すべき下品なオヤジで頭を下げる私を見てにやにや笑って言った。

「あんたをここで今レイプしても事件にはならんのだよ」

身体が震えた。

こんな男があの人の人生を台無しにしようとしている。議員の兄の傘の下で威張り散らして自分以外の人間なんて虫ケラみたいにしか思っていない男が。

怒りと恐怖で震えながら事務所を出て阿佐ケ谷駅の電話ボックスからイチローに電話をかけた。

「もう絶対に直接会いに行くな。それからこの事は神宮には口が裂けても言うなよ。あいつ今度は八つ裂きにしに行くぞ」

保釈金の一五〇万円を用意したいと、東京郊外に住んでいた彼の実母から電話があった。電車を乗り継いで告げられた住所を訪ねると、彼女は大きなマンションの管理人室で慎ましく暮らしていた。地味で質素な装いだが気品のある美しい女性だった。

彼女は私の手を取って「よく遠いところまで来てくださいました。さぞ大変でしょう」と涙をこぼした。

「あの子の父親もこんな時に自分が出て行くわけにはいかなくて、オロオロして泣きながら私に電話をしてきたのよ」

彼が彼女から受けた虐待の話を聞いていただけにその言葉が胸を打った。この人がどんなに悔やんで生きてきたことか即座に理解できたからだ。

「あの子に何ひとつしてやれなかったけれどこんな時に独身で良かった」

そう言って現金の入った封筒を渡してくれた。それから「これはメキシコオパールでそんなに高価なものではないけれど、結婚祝いにどうぞ受け取ってください」と乳白色の水溜まりのような美しいオパールの指輪を私の指にはめてくれた。

そんな用事と神宮さんに面会差し入れができない間はイチローの部屋でずっと暮らした。

でもその時間をどう過ごしていたのかはほとんど記憶がない。何ひとつできずいつ彼が釈放されるのかもわからない時間を素面で過ごすことに耐えられずに、精神安定剤や睡眠剤をアルコールで飲み下していたからだ。

そんな私をイチローは彼の家の妹の部屋に寝泊まりさせてくれ、仕事の合間に一緒に神宮さんのために奔走してくれた。

向精神薬やアルコールでほとんどラリった状態の私は、イチローの部屋のマットレスでカラダを丸くして眠った。

私と一緒に奔走しながらもイチローはある時こう言った。

「だけどお前、あいつに殴られて痣作ったことあるよな?」

私はそれを聞いてはっとした。彼は正しいとか間違っているとか、そんなことで私たちを助けているわけではなかったのだ。自業自得と距離を置いている友人が多い中で、彼はすべてを受け入れて一緒に地獄を通ってくれる。そういう男だ。

それから三十年近く経って彼の若い友人に尋ねられたことがある。

「イチローさんとミキさんはホントに付き合ったことないんですか？」

「ないよ」

私は思わず吹き出しながら思った。イチローと私は男女である必要が一度もなかった。異性であるが為に変化してしまうにはあまりに深いつながりだったのかもしれない。

Travelin' Light

その時の私は既に体力も精神もボロボロだった自分に鞭打って、彼を助け出すことに全生命力を注いだに違いない。

鬱で仕事はおろか食べることも自分の身の回りのこともうまくできなくなっていた私が、健常者でも経験することのないようなストレスにさらされて、自分が奔走するしかない状況に突然放り込まれたのだ。

一ヶ月間夢中で走り回るか向精神薬とアルコールで記憶を消すかどちらかしかない生活を過ごし、彼が保釈されたその三ヶ月後には裁判で証人として証言台に立ち彼の人格、才能を証言し社会に戻った後も配偶者として彼を支えていくことを約束した。かき集めた嘆願書や私の証言にもかかわらず、彼は初犯にしては重い懲役三年執行猶予一年半という判決を受けた。

保釈後の彼ももちろん限界の状態だった。それまで必死で病気の私を支えてきた力ももう残っていなかった。

一ヶ月、特に拘置所に移された後は狭い部屋に閉じ込められたのみならずその部屋の一定の場所から動くことを禁じられたせいで、出てきた時は脚がすっかり弱っていて松葉杖に頼らなければ歩けなかった。二週間で一気に白髪になった。

もちろんそんな屈辱が彼の内面に与えた傷は計り知れなかった。お互いに相手を気遣う余裕は一切残っていなかった。

そしてその途端に私の神経の糸は完全に切れた。

その時のことは鮮明に記憶がある。

かつて何度か私を襲ったあの激しい衝動。

「彼を困らせる自分、彼を愛することをやめられない自分を存在ごと消したい」

という衝動ではあったが今回はとても静かな心境だった。

むしろ固い決意だった。

でも本当は自己犠牲といったような美しいものではなかったのだ。

ただもう逃げ場を無くしてしまっていただけだ。あるいはずっと以前から始まっていたのだ。

私は誰も愛したりしなかったのかもしれない。私は私を破壊するためだけに恋をしたのかもしれない。けれど私のナイフは自分ではなく愛すべき男たちを切りつけた。今度こそ私は私自身と刺し違えるのだ。

最期に聴きたい歌はやはりビリー・ホリデイだった。一九五八年のモンタレー。死の十ヶ月前のライブ。

麻薬と酒でかつての美声が損なわれた晩年には、聴くに堪えないレコーディングも多かった彼女が、このライブでは本当に突然軽やかでコケティッシュですらあり、まるですべてが吹っ切れたとでも言うような歌声で歌った。

身ひとつで旅に出よう
私の男は去ってしまったから
たった今から手ぶらで旅に出よう

会う人もなく風のように自由
ひとりっきりで思い出だけを抱いて

絶望を通り抜けたビリー・ホリデイの雲のような風のような歌声に包まれながら、私は白い錠剤をひとつひとつケースから外しては口に放り込んだ。口が渇いてくるとワインで流し込みながら。

無様な未遂に終わってはならなかった。これ以上の生き恥を晒すことはできないから。意識があるうちに出来るだけ急いで大量に飲まなければならないのは苦しかった。


けれども心は軽かった。

これでやっと解放される。あの人も私も。

やっとビリーのように彼岸に渡ることができるのだ。

他には何も残されていないこの恋だけを抱いてすべての苦しみから解放される。それは私の最期の望みだった。

静かな静かなほとんど幸福に近い気持ちだった。

悲しみのかけらもない。後悔もない。

次第に朦朧としていく意識の中で、やっぱりジャニスと同じ頃に死ぬんだなと一人笑った。

エピローグ　Moon River

そもそも私は犬なんて嫌いだった。それなのに一人娘にせがまれて子犬を飼う羽目になってしまったのだ。

初めてチャーリーを海に連れて行った日。

まだ両手に乗るほど小さかったチャーリーをそっと南シナ海の砂浜に置くと、無鉄砲な子犬は引き潮を追いかけてよろけながら走り出した。反対に大きな波が寄せられてきた途端に彼は大慌てで逃げ損ねて波に呑まれてしまった。

あやうく溺れかけたチャーリーを抱き上げると私の腕のなかで細かく震えだした。着ていた木綿のシャツを脱いで海水に濡れそぼったその小さな柔らかい塊を包むと、私の胸に必死ですがりついてきた。

笑いながらその砂まみれの鼻面に頬を寄せると濡れた茶色の毛から獣の匂いが立ち昇り、
私は性懲りもなくまた恋に落ちていた。

私は毎日チャーリーと歩こう。

汗ばむ夏の夕暮れ、凍てつく冬の朝。
そして道ばたの草花の名前をひとつひとつ覚えていこう。
ほとけのざ、野あざみ、山葡萄、藪つばき。

そうしていたらまた私のカラダに力が戻ってくるだろう。

そしてチャーリーと草花たちと黒人霊歌や西海岸のクールなトランペットとペンネアラビアータと黒ビール、すべてを抱きしめる体力をつけるのだ。

ある満ち足りた夜に

それらのすべてを私は舟に乗せよう。
そして今度こそ大きな河を渡って行く。
成長したチャーリーは舟先で耳をぴんと立て
夜の闇に邪魔者が潜んでいないか見張ってくれるだろうし
櫂を漕ぐ私の腕は力強く疲れ知らずだろう。
私たちは純潔で心をひとつにして旅を続けるのだ。

月の河
一マイルよりも広いお前を
カッコよく渡ってみせる
いつの日か

著者プロフィール
わきい まき

1968年、大分県生まれ
上智大学文学部フランス文学科卒業
デパート勤務、ジャズバー店員、スナック店員、フリージャーナリスト、塾講師、出版社勤務ののち、フランス、イギリス、ボルネオ島など海外生活を19年送る
イギリスではフローリスト勤務、ボルネオ島ではヨガを教える

KNIFE

2023年４月15日　初版第１刷発行

著　者　わきい まき
発行者　瓜谷 綱延
発行所　株式会社文芸社
〒160-0022　東京都新宿区新宿1－10－1
電話　03-5369-3060（代表）
03-5369-2299（販売）

印刷所　図書印刷株式会社

ISBN978-4-286-29080-5　JASRAC 出 2209974－201